Jeff Stone

Die fünf Gefährten und der Schrei des Kranichs

Weitere Bände aus der Reihe:

Die fünf Gefährten und der Kampf des Tigers
Die fünf Gefährten und die Rache des Bruders
Die fünf Gefährten und die List der Schlange
Die fünf Gefährten und der Schrei des Kranichs

Jeff Stone

Die fünf Gefährten
und der Schrei des Kranichs

Aus dem Amerikanischen
übersetzt von Christine Gallus

Loewe

Der Umwelt zuliebe ist dieses Buch
auf chlorfrei gebleichtem Papier gedruckt.

ISBN 978-3-7855-5617-7
1. Auflage 2007
Titel der Originalausgabe: Crane
Aus dem Amerikanischen übersetzt von Christine Gallus

Erschienen in der Original-Serie *The Five Ancestors.*

Umschlagillustration: Silvia Christoph
Printed in Germany (003)

www.loewe-verlag.de

Provinz Henan
China
4339 – Jahr der Schlange
(1641 n. Chr.)

鶴

Prolog

„Ich verstehe das nicht, Mama“, sagte die dreijährige OnYeen schniefend. „Warum schneidest du mir alle meine Haare ab?“

Bing legte das Rasiermesser auf einen kleinen Tisch neben einen Stapel Navigationskarten. Sie rieb OnYeens bleichen, glatt rasierten Schädel mit einem warmen Handtuch trocken und klopfte die langen braunen Haarbüschel von OnYeens Morgenmantel. „Alle Mönche im Kloster rasieren sich die Haare ab“, erklärte Bing. „Das gehört zu den Regeln.“

OnYeen zog noch einmal die Nase hoch. „Du hast gesagt, alle Mönche – aber ich bin ein Mädchen.“

„Stimmt“, antwortete Bing. „Doch von nun an musst du so tun, als wärst du ein Junge. Du musst dir jeden Tag die Haare abrasieren.“

„Aber warum?“

„Weil du dich verstecken musst. Dein Vater und ich sind in Gefahr und du damit auch. Jemand sucht nach uns. Du musst so tun, als wärst du ein Junge, damit man dich nicht erkennt, und wegen deiner Haarfarbe darfst du dir nie die Haare wachsen lassen. Du bist anders als die anderen. Das weißt du doch.“

„Ich weiß, dass ich anders bin", erwiderte On Yeen. „Wegen Vater. Aber das ist mir egal. Ich will bei ihm bleiben. Ich will bei euch beiden bleiben!"

Bing legte das Handtuch neben die brennende Öllampe. Sie wandte sich zu der einzigen Luke in der Hütte um und blickte in den dunklen Nachthimmel hinaus. „Es tut mir leid, aber das geht leider nicht. Du kannst nicht bei uns bleiben. Du wirst in das Kloster gehen, in dem ich aufgewachsen bin, und ich werde in die Berge fliehen. Dein Vater wird mit seinem Schiff wieder in See stechen."

On Yeen sah zu den Schatten empor, die auf der Holzdecke tanzten. Sie dachte fieberhaft nach. „Warum kann ich mir nicht die Haare abrasieren und mich wie ein Junge anziehen und trotzdem bei dir bleiben? Du kannst dir auch die Haare abrasieren. Wir könnten beide so tun, als wären wir Männer."

Bing seufzte. „Du bist viel zu klug für dein Alter, weißt du das? Du kannst nicht mit mir kommen. Es tut mir wirklich leid."

„Und wann holst du mich wieder im Kloster ab?"

Bing wandte sich zu ihrer Tochter um. „Ich will ganz ehrlich zu dir sein. Das wird wahrscheinlich sehr lange dauern."

„Wie lange denn?", fragte On Yeen verzweifelt. Tränen rannen über ihr blasses, schmales Gesicht.

Bing kniete sich nieder und sah On Yeen in die Augen. „Ich weiß nicht, wie lange ich weg sein werde. Manche Menschen glauben, dass alles, was geschieht, einen bestimmten Sinn hat, meine Tochter. Du musst versuchen, das Gute in dem, was dir widerfährt, zu sehen, und du musst stark sein, so wie ich es dir beigebracht habe. Du wirst viele Dinge vom Großmeister lernen. Du wirst weiterhin die Kunst der Heilpflanzen und des Kung-Fu erlernen. Ich habe alles, was ich weiß, im Kloster gelernt.“

On Yeen senkte den Blick. „Ich erinnere mich noch an den Großmeister. Er hat uns einmal besucht. Er ist böse.“

„Er ist nicht böse“, erwiderte Bing. „Er ist nur streng. Das ist nicht das Gleiche. Sieh mich an.“

On Yeen blickte auf.

„Du musst jetzt stark sein“, sagte Bing. „Dich ins Kloster zu schicken, ist die vernünftigste Lösung. Und es ist immer am besten, das Vernünftigste zu tun. Verstehst du das?“

On Yeen zog die Nase hoch und schwieg.

„Verstehst du das?“, fragte sie Bing noch einmal.

On Yeen wischte sich die Tränen aus den Augen und nickte.

„Gut“, sagte Bing. „Ich habe hier etwas für dich. Es hat mir immer geholfen. Vielleicht hilft es dir auch.“

Bing griff in den Kragen ihres weißen Kleides und löste einen seidenen Faden vom Hals. An dem Band hing ein kleiner grüner Anhänger. Es war ein Kranich. „Den habe ich vor vielen Jahren selbst geschnitzt. Er ist aus Jade. Manche Menschen glauben, dass der grüne Stein Schmerzen lindert. Trage ihn über deinem Herzen. Denn dort wird dein Schmerz am größten sein.“

Bing streifte On Yeen das Band mit dem Anhänger über den Kopf. On Yeen spürte keinen Unterschied.

„Ich will trotzdem mit dir mitkommen“, erklärte sie.

Bing sah ihrer Tochter fest in die Augen. Sie antwortete nicht.

OnYeen wusste, dass sie ihre Mutter nicht umstimmen würde. Sie blicke erneut zur Decke. „Ich weiß!", sagte sie. „Ich kann ja von dir träumen! Wenn ich mich einsam fühle, kann ich meine Augen schließen und dich besuchen. Wir können zusammen von den Bergen zum Meer zu Vater fliegen und –"

Bing schüttelte den Kopf und legte OnYeen ihre langen, schmalen Hände auf die Schultern. „Es ist Zeit, schlafen zu gehen."

OnYeen runzelte die Stirn und kletterte in ihr Bett. Sie sah ihre Mutter an und versuchte, nicht zu blinzeln.

„Da ist noch etwas", sagte Bing. „Ich weiß, das wird schwer für dich, aber wir müssen dir einen anderen Namen geben."

OnYeen sank auf ihre dünne Matratze, und ihre Lider begannen zu zittern. „Bitte nicht, Mama ... nicht meinen Namen. Ich mag ihn so sehr."

„Ich mag deinen Namen auch. Er passt perfekt zu dir. Vielleicht sogar zu perfekt in diesen unruhigen Zeiten. Dort, wo du hingehst, sprechen die Menschen kantonesisch. Sie werden wissen, dass OnYeen Frieden bedeutet und dass es ein Mädchenname ist. Wir müssen deinen Namen ändern, denn außer dem Großmeister darf keiner wissen, dass du ein Mädchen bist."

OnYeen versuchte verzweifelt, die Tränen zurückzuhalten. Sie musste jetzt stark sein, so wie ihre Mutter es gesagt hatte. Sie musste vernünftig sein. „Und wie soll mein neuer Name heißen?"

Bing deutete auf den winzigen Jadekranich an OnYeens Hals. „Hok."

On Yeen schloss die Lider. Die Tränen brannten in ihren Augen. Sie umklammerte den Kranich und hätte am liebsten laut losgeschrien. Doch sie gab keinen Laut von sich.

Bing nickte anerkennend. „Du bist ein sehr tapferes Mädchen. Ich bin stolz auf dich. Träum süß, mein lieber Hok. Morgen brechen wir zum Cangzhen-Kloster auf."

Provinz Henan
China
4348 – Jahr des Tigers
(1650 n. Chr.)

鶴

Kapitel 1

Die zwölfjährige Hok saß hoch oben in einem Baum und sah sich benommen um. Sie fühlte sich wie in einem Traum. Das Cangzhen-Kloster brannte. Dichter schwarzer Rauch zog über sie hinweg, und die Luft unter ihr schien zu glühen. Ihre Brüder Fu, Malao, Seh und Long waren bereits auf der Flucht. Und auch sie musste fliehen. Der Großmeister hatte ihnen geraten, sich in alle vier Winde zu zerstreuen, also würde sie ihn beim Wort nehmen und sich vom Wind davontragen lassen.

Hok breitete die Arme aus und ließ sich von der warmen aufsteigenden Luft in die dunkle Nacht hinaustragen. Sie genoss das Gefühl und glitt lautlos durch die Finsternis nach oben. Doch so hoch sie auch flog, der dichte Rauch wollte sich einfach nicht lichten. Ihre Augen brannten, und sie konnte kaum etwas erkennen. Es blieb ihr nichts anderes übrig, als noch einmal zum Boden hinabzukehren. Vielleicht konnte sie den Qualm ja irgendwie umfliegen.

Unter ihr kam das Klostergelände erneut in Sicht. Im Dunst erkannte Hok die schemenhaften Umrisse toter Mönche. Sie konnte ihnen jetzt genauso wenig helfen wie beim Angriff. Mit gerunzelter Stirn flog sie weiter.

Hok flog zum Haupteingang des Klosters. Dort entdeckte sie ihren ehemaligen Bruder Ying direkt hinter dem Eingangstor. Sein zerfurchtes Drachengesicht war zu einer wütenden Fratze verzogen. Der Großmeister und ihr Bruder Fu waren auch da. Hok beobachtete entsetzt, wie Yings Kettenpeitsche Fus Wange streifte und einen tiefen Schnitt hinterließ. Dann richtete Ying eine Schusswaffe auf den Großmeister und drückte ab. Der Großmeister sank zu Boden.

Hok zuckte erschrocken zusammen. Ying war plötzlich spurlos verschwunden – so wie die Drachen in den alten Geschichten. Fu jagte davon. Nur der Großmeister lag regungslos am Boden.

In diesem Moment hörte Hok plötzlich ein leises Kichern hinter sich. Sie erkannte das Lachen sofort. Das konnte nur ihr Bruder Malao sein. Sie drehte sich um, konnte ihn aber nirgends entdecken. Stattdessen sah sie einen Affendämon auf einem der brennenden Dächer tanzen.

Was soll das alles?, fragte sich Hok verwirrt. Sie hatte zwar oft seltsame und lebhafte Träume, aber so einen Traum hatte sie noch nie gehabt. Alles war so deutlich zu erkennen und so ... grausam.

Die Bilder wurden noch schlimmer.

Hok beobachtete gebannt, wie der Großmeister plötzlich aufstand. Aus seiner Wunde in der Brust floss Blut. Er blickte zu Hok empor, und sein faltiger kahler Kopf rollte von seinen Schultern.

Hok erschauerte erneut. Nun reichte es aber. Sie wollte aufwachen. Sie zwickte sich in den Arm, dass es wehtat, aber nichts geschah. Sie flog immer noch durch dichte Rauchwolken. Sie hatte das Gefühl, gleichzeitig zu wachen und zu träumen.

Vielleicht hatte der Rauch etwas damit zu tun. Wenn sie nur endlich aus diesem Dunst herauskäme, dann würde sie vielleicht auch einen Ausweg aus diesem Albtraum finden. Hok glitt zu den Bäumen am Waldrand hinüber und streifte die Baumwipfel. Sie flog so niedrig wie möglich – in der Hoffnung, dass die Rauchwolken über sie hinwegziehen würden.

Nicht weit vom Waldrand entfernt sah sie plötzlich, wie sie selbst die Leiche des Großmeisters in einem großen hohlen Baumstamm begrub. Neugierig landete Hok auf einem nahe gelegenen Ast und beobachtete, wie sie ihre Aufgabe erledigte und dann erschöpft in dem hohlen Baumstamm einschlief.

Während die Rauchschwaden durch die dunkle Nacht zogen, tauchte ein Soldat mit dem Haupt einer Gottesanbeterin zwischen den Bäumen auf. Er schlich zu dem hohlen Baumstamm und streute ihr etwas über das Gesicht, während sie schlief.

Jetzt wusste Hok plötzlich, was mit ihr los war. Jemand hatte sie betäubt. Deshalb fiel es ihr so schwer, wieder aufzuwachen.

In Hoks Kopf schien sich alles zu drehen. Im Geiste kehrte sie zu den Unterrichtsstunden im Kloster zurück. Der Großmeister hatte ihnen verschiedene Pilzsporen und Pflanzen gezeigt, mit denen man einen Menschen tagelang in einen traumartigen Zustand versetzen konnte, wenn er diese einatmete. Hok hatte plötzlich das Gefühl, langsam aus ihrem Tiefschlaf zu erwachen. Sie nahm all ihre Kräfte zusammen und versuchte, in die Wirklichkeit zurückzukehren, und der Dunst um sie herum lichtete sich allmählich.

Gleichzeitig begann sich der merkwürdige Insektenkopf des Soldaten zu verändern. Aus dem Antlitz der Gottesanbeterin wurde das Gesicht eines Mannes, den sie kannte. Sein Name war Tonglong. Er war Yings wichtigster Mann. Hok sah zu, wie der Mann mit dem langen geflochtenen Pferdeschwanz ihren bewusstlosen Körper aus dem hohlen Baumstamm heraushob.

Im Traum breitete Hok die Arme aus und folgte Tonglong. Als sie nach unten blickte, sah sie, dass nun zwei Soldaten ihren reglosen Körper einen Pfad entlangtrugen. Man hatte sie wie eine Jagdtrophäe an Armen und Beinen an einen langen Holzstab gefesselt.

Hok blinzelte, und die Szene unter ihr veränderte sich. Nun war sie nicht mehr gefesselt – stattdessen unterhielt sie sich mit Fu, Malao und einem ... Tigerjungen?

Hok blinzelte erneut, und plötzlich erhob sich ein kühler Wind. Er vertrieb die restlichen Rauchschwaden, aber auch die Bilder.

Als der Wind sich wieder legte, spürte Hok, wie sie in die Tiefe taumelte. Sie zwickte sich erneut in den Arm.

Dieses Mal schlug sie die Augen auf.

Hok lag mit dem Gesicht nach unten am schlammigen Ufer eines Flusses. Die Erde war kühl und feucht, doch die Mittagssonne am Himmel wärmte ihre bloßen Füße und ihren schmerzenden Kopf. Mit ihren langen, schmalen Fingern tastete sie vorsichtig über ihre pochenden Schläfen. Dabei spürte sie etwas, das sie schon seit vielen Jahren nicht mehr gespürt hatte: Haare. Es waren zwar erst ein paar kurze schlammverklebte Stoppeln, aber es waren definitiv Haare.

Wie lange ich wohl geschlafen habe?, fragte sich Hok. Wo bin ich?

Sie hob den Kopf, und allmählich nahmen die verschwommenen Umrisse um sie herum wieder Gestalt an. Mit einem Mal war sie hellwach. Sie war nicht allein.

„Du wurdest betäubt", schnurrte eine Stimme über ihr. „Warte, ich helfe dir."

Hok sah zu dem Baum in ihrer Nähe auf, und ihre Augen weiteten sich. Auf einem dicken Ast lag ein magerer, kahlköpfiger Mann in einer orangefarbenen Mönchskutte. Der Mann zog seine buschigen Augenbrauen hoch und landete leicht und behände wie ein Leopard auf dem Boden. Er näherte sich Hok mit sanften Schritten.

„Ich nehme an, das war Schlafmohn", sagte der Mann. „Wenn ja, dann wirst du die Nachwirkungen wohl noch ein paar Tage spüren. Das Zeug ist ziemlich stark. Es verwischt die Grenze zwischen Traum und Wirklichkeit."

Hok sah den Mann unverwandt an. Wenn sie sich recht erinnerte, dann gewann man das Betäubungsmittel aus den Samenkapseln von Mohnblumen.

„Ich heiße Tsung", stellte sich der Mann vor. „Das ist Mandarin und bedeutet Mönch. Ein einfacher Name für einen einfachen Mann. Ich komme ursprünglich vom Shaolinkloster, aber inzwischen lebe ich außerhalb des Klosters unter dem gemeinen Volk."

Hok sah ihn immer noch schweigend an.

„Du redest wohl nicht viel, was?", stellte Tsung fest. Er blieb mehrere Schritte vor ihr stehen, um ihr nicht zu nahe zu kommen. „Aber das macht nichts. Dafür werde ich dir erzählen, was ich weiß. Ich habe die Männer, die dich gefangen hatten, heimlich beobachtet. Es waren Major Ying und Tonglong. Ich habe es mir zur Gewohnheit gemacht, in dieser Gegend ein wenig die Augen aufzuhalten. Ich hatte von Anfang an das Gefühl, dass du jemand Besonderes sein musst, noch ehe ich wusste, dass du aus dem Cangzhen-Kloster kommst. Und als ich dann auch noch gehört habe, dass du ein Mädchen bist, war ich erst recht beeindruckt. Wenn erfahrene Kämpfer wie Ying und Tonglong es für nötig halten, einen so jungen Gefangenen zu fesseln und zu betäuben, dann muss das schon jemand sehr Gefährliches sein."

Hok warf einen Blick auf ihre Hand- und Fußgelenke. Sie waren wundgescheuert und blutverkrustet, doch sie spürte nichts. Der Schlafmohn schien auch die Schmerzen zu betäuben.

Tsung deutete mit dem Kopf auf ihre Kleidung. „Interessanter Kleidungsstil. Die Sachen könnten einem erwachsenen Mann passen."

Hok musterte ihr weites Gewand und ihre viel zu großen orangefarbenen Hosen. Sie hatte schon immer sehr weite Sachen getragen, damit sie später ihr Geschlecht besser verbergen konnte. Aber das war nun auch einerlei. Sie zuckte die Achseln.

„Es geht dir wohl nicht so gut, was?", fragte Tsung.

Hok schüttelte den Kopf.

„Ich bringe dich zum Shaolinkloster", sagte Tsung. „Mein Pferd steht ganz in der Nähe. Damit sind wir im Nu dort. Ich kümmere mich um dich." Er lächelte sie an, und Hok spürte etwas unter der Oberfläche. Etwas Bedrohliches. Er machte einen Schritt auf sie zu.

Hok schloss ihre rechte Hand zu einer Kranichfaust, indem sie ihre vier Finger zusammenkrümmte und fest gegen die Daumenspitze presste.

Tsungs Lächeln erstarb. „Du kannst Kranich-Kung-Fu?", fragte er. „Das hätte ich mir denken können."

Hok zog es vor, nichts zu antworten.

„Es heißt, unter der Wirkung von Schlafmohn kann man anderen Menschen in ihr Herz sehen", fuhr Tsung fort. „Meinst du, das stimmt?"

Hok antwortete immer noch nicht. Um sie herum versank wieder alles im Nebel. Sie spürte, wie sich ihre Kranichfaust lockerte und alle Kraft aus ihr wich.

„Sehr interessant", schnurrte Tsung und grinste hinterhältig. „Da es so aussieht, als würdest du gleich wieder ohnmächtig werden, verrate ich dir noch ein kleines Geheimnis. Meine Brüder im Shaolinkloster trauen mir auch schon lange nicht mehr über den Weg. Sie haben mich schon seit Jahren nicht mehr auf ihr Gelände gelassen. Doch das wird sich bald ändern. Denn du bist meine Eintrittskarte. Für mich und einige Tausend gute Freunde von mir."

鶴

Kapitel 2

„Macht das Tor auf!“, rief Tsung zwei Nächte später durch die Finsternis. „Ein junger Mönch braucht eure Hilfe.“

Shaolins mächtiges Eingangstor blieb verschlossen.

Tsung stieg kopfschüttelnd von seinem Pferd ab. Er gab acht, dass Hoks bewusstloser Körper nicht vom Rücken seines Pferdes rutschte. Dann löste er ein kleines Bündel vom Sattel und warf es über die Schulter. Er bettete Hok über die andere Schulter und trat zu den steinernen Stufen, die zu den mächtigen Holztoren des Klosters führten. Rechts und links der über vier Meter hohen Tore erstreckte sich eine leuchtend rote Ziegelsteinmauer. In der Mauer direkt neben dem Eingang befanden sich zwei runde Öffnungen, die mit einem verschlungenen Holzgitter versehen waren. Tsung war sich ganz sicher, dass ihn jemand beobachtete.

Er stellte sich vor das riesige Tor und trat so fest dagegen, dass man es auf jeden Fall von innen hören musste. „Der Mönch, der Hilfe braucht, kommt aus dem Cangzhen-Kloster“, rief er. „Es ist ein Mädchen. Macht sofort auf, oder wollt ihr, dass sie stirbt?“

Tsung wartete auf eine Antwort. Vergebens. Er trat erneut gegen das Holztor.

„Verschwinde!“, zischte eine resolute Stimme durch das Holzgitter. „Wir können es nicht riskieren, Fremde oder fragwürdige Besucher einzulassen, und dich schon gar nicht. Es sind Soldaten in der Nähe. Wir glauben, dass sie irgendetwas in der Region im Schilde führen. Vielleicht bist du einer von ihnen.“

„Mach dich nicht lächerlich“, erwiderte Tsung. „Ich bin allein, und das Mädchen ist bewusstlos. Komm raus, und überzeug dich selbst.“

Der Mönch hinter dem Holzgitter trat zu dem riesigen Holztor. Nachdem er mehrere Riegel zurückgeschoben hatte, öffnete es sich einen Spaltbreit.

Tsung trat zwei Schritte zurück, und die Tür ging weiter auf. Ein betagter Mönch streckte seinen kahlen, faltigen Kopf heraus. Er blickte Tsung finster an.

Tsung deutete mit dem Kopf auf Hok.

Der alte Mönch trat seufzend näher und musterte Hoks Gesicht nachdenklich. Er hob zuerst ein Augenlid und dann das andere. „Schlafmohn“, meinte er.

Tsung nickte zustimmend. „Genau das glaube ich auch. Das war Major Yings Werk. Gemeinsam mit seinem obersten Befehlshaber Tonglong. Sie haben das Cangzhen-Kloster zerstört.“

„Das habe ich gehört.“

„Das Mädchen kann uns vielleicht wertvolle Informationen über den Angriff geben“, fuhr Tsung fort. „Ich habe auch wichtige Neuigkeiten für euch. Ich habe Major Ying und Tonglong heimlich belauscht.“

„Mich interessiert vor allem, wie wir diesem Kind helfen können“, erwiderte der alte Mönch. „Aber sag mir, welchen Nutzen hast du eigentlich bei dieser Angelegenheit?"

„Du weißt genau, was ich von Major Ying halte. Wenn er hier auftaucht und versucht, das Shaolinkloster zu zerstören, zerquetsche ich ihn wie eine Fliege. Meine Informationen werden euch helfen."

Der alte Mann strich mit der Hand über Hoks Kutte. „Sie sieht wirklich aus, als käme sie vom Cangzhen-Kloster. Ihre Kutten sind anders als die unseren. Scheint, als müsste ich dir vertrauen. Ich werde sofort eine Versammlung einberufen. Bring das Mädchen in die Gästeunterkunft, und komm dann in den großen Versammlungsraum. Sie kann bei uns bleiben, solange sie will, aber du nicht. Du wirst von hier verschwinden, sobald die Versammlung vorüber ist."

Tsung nickte und rückte Hok auf seiner Schulter zurecht. „Gut, dann bringe ich das Mädchen ins Bett, und dann komme ich. Es wird nicht lange dauern."

„Das würde ich dir auch raten", antwortete der alte Mönch. „Wir werden dich hier schön im Auge behalten. Wie du weißt, sind wir über tausend Kriegermönche. Also mach bloß keine Dummheiten."

Tsung machte eine abwehrende Handbewegung. „Aber das würde ich doch niemals tun."

Der alte Mönch sah Tsung durchdringend an. „Dann komm rein. Je schneller du wieder weg bist, desto besser."

鶴

Kapitel 3

Hok fuhr erschrocken aus einem langen, tiefen Schlaf hoch. Ihr war übel, und sie hatte schreckliche Kopfschmerzen. Sie richtete sich in dem fremden Bett auf und rieb sich die brennenden Augen.

Das Bett stand in der Ecke eines finsteren Raumes. Nur durch die Ritzen eines Holzladens drang schwaches Mondlicht. Trotzdem hätte Hok schwören können, dass Rauchschwaden durch das Zimmer zogen. Träumte sie etwa schon wieder? Nein, es fühlte sich nicht so an. Allmählich wurde sie wieder richtig wach, und plötzlich hörte und roch sie Dinge, die ihren Herzschlag beschleunigten.

Vor ihrem Zimmer vernahm Hok das dumpfe Geräusch von Holz, das gegen Metall schlug, wenn Männer mit Breitschwertern kämpften. Außerdem erkannte sie den fauligen Gestank von verbrannter Schwefelsäure und auch die ohrenbetäubenden Schüsse, denen gellende Schreie folgten. All das hatte Hok vor Kurzem schon einmal erlebt. Es hörte sich so an, als würden Soldaten gegen Kriegermönche kämpfen. Sie musste im Shaolinkloster sein – so wie Tsung es ihr vorgeschlagen hatte.

Hok blickte an sich hinunter und stellte entsetzt fest,

dass sie nur ihre Unterwäsche trug. Sie konnte sich nicht erinnern, dass sie ihre Kutte ausgezogen hatte. Ihr Blick wanderte suchend durch den Raum, aber ihr orangefarbenes Gewand und ihre Hose waren nirgends zu sehen.

Neben dem Bett stand eine kleine Kommode. Hastig durchwühlte Hok die Schubladen. Das einzige Kleidungsstück, das sie fand, war ein rotes Seidenkleid. Sie zog es sich eilig über den Kopf, strich die kurzen Ärmel des Kleides glatt und klappte den hohen Kragen hoch. Als ihre Hand ihren Hals streifte, hielt sie kurz inne. Erschrocken tastete sie mit den Fingern unter den Kragen, bis sie einen dünnen Seidenfaden fand. Sie zog ihn heraus, und ein winziger Jadekranich kam zum Vorschein. Hok atmete erleichtert auf und verbarg den Anhänger unter ihrem Kleid.

Vor Hoks Fenster ertönte ein gewaltiger Knall, und das Gebäude bebte so sehr, dass der Staub von den Balken rieselte. Sie musste hier raus. Hok wankte gerade mit zittrigen Beinen zur Tür, als diese mit einem Ruck aufflog.

Ein riesiger Soldat stand in der Tür. Sein Schutzpanzer schimmerte im Schein der Fackel, die er in der Hand hielt.

„Sieh mal einer an“, sagte der Soldat verdutzt. „Was haben wir denn hier?“

Ein gewaltiger Energieschub durchströmte Hoks Körper, und sie war schlagartig wieder klar im Kopf. Sie warf einen Blick auf ihr Kleid und wusste genau, was sie zu tun hatte. Sie sah dem Mann in die Augen und kauerte sich auf den Steinboden. Sie schlang die Arme um die Knie und begann, ängstlich zu zittern.

„Du brauchst keine Angst zu haben, kleines Fräulein“, meinte der Soldat mit einem schiefen Grinsen.

Er trat zu ihr und beugte sich mit ausgestrecktem Arm zu Hok hinunter. Als seine dicken, schmutzigen Finger Hoks Wange berührten, umschlossen ihre Hände blitzschnell sein Handgelenk. Sie presste ihre Knie an ihren Körper, rollte sich nach hinten auf den Rücken und riss den Mann mit sich.

Der überrumpelte Soldat flog in hohem Bogen über Hoks Kopf hinweg. Sobald der Mann hinter ihr war, ließ Hok sein Armgelenk los. Der Soldat fiel krachend gegen die Wand. Hok sprang auf und rannte aus dem Zimmer.

Draußen fand sie sich auf der Rückseite eines lang gestreckten niedrigen Gebäudes wieder. Dichter Rauch schwebte durch die Nachtluft, und sie wusste nicht, in welche Richtung sie am besten laufen sollte. Sie entschied sich für links. Am Ende des Gebäudes spähte sie vorsichtig um die Ecke.

Hok hatte richtig geraten. Vor ihren Augen kämpften Gruppen von Soldaten gegen einzelne Mönche. Die Soldaten waren eindeutig in der Überzahl. Überall lagen niedergestreckte Mönche auf dem Boden, in deren orangefarbenen Kutten blutgetränkte Löcher klafften. Gegen die Schusswaffen hatten die Mönche keine Chance.

Hinter ihr brüllte der Soldat, den sie überlistet hatte, laut los: „Ich habe gerade ein Mädchen in einem roten Kleid entdeckt! Sie gehört mir! Ich werde sie –“

Hok hörte nicht mehr, was der Soldat noch sagte. Sie sah sich hastig um und überlegte fieberhaft, wohin sie fliehen sollte. Dann fiel ihr Blick auf einen langen abgebrochenen Dachbalken, der von der Ecke des Gebäudes herunterhing. Hok ging in die Hocke und sprang lautlos in die Luft. Ihr jahrelanges Beintraining für das Kranich-Kung-Fu machte sich nun bezahlt. Sie erwischte das Ende des Balkens und schwang ihren federleichten Körper auf die Lehmziegel des Daches.

Leise kletterte Hok das steile Dach empor und schlich so schnell wie möglich über die Dachziegel. Hok war bereits an der Hälfte des Gebäudes angelangt, als sie ihr Glück verließ. Einer der Ziegel unter ihren Füßen zerbrach, und einige Splitter fielen zu Boden.

Der Soldat, der Hok suchte, blickte überrascht nach oben. „Na, du bist mir vielleicht ein raffiniertes Luder!“, rief er lachend und rannte zu ihr.

Jetzt musste Hok nicht mehr lautlos, sondern vor allem schnell sein. Sie begann ebenfalls zu rennen. Als sie sich dem Ende des Gebäudes näherte, wurde ihr plötzlich klar, dass sie entweder auf das nächste Dach oder nach unten springen und gegen ihren Verfolger kämpfen musste. Das nächste Gebäude stand weit entfernt, aber Hok musste es versuchen. Sie breitete die Arme aus und drückte sich mit aller Kraft vom Dachrand ab.

Hok landete sanft und sicher auf dem Dach des Nebengebäudes. Der Soldat pfiff anerkennend.

„Wenn ich das nicht mit eigenen Augen gesehen hätte, würde ich es nicht glauben“, staunte er. „Was hast du denn noch so für Tricks auf Lager? Vielleicht ein kleines Tänzchen? Pass auf, ich helfe dir ein bisschen dabei!“

Der Soldat schob die Hand unter seinen Schutzpanzer, und Hok lief wieder los. Der Soldat folgte ihr fluchend.

Schon nach wenigen Schritten hielt Hok entsetzt inne. Das Dach war eine Sackgasse. Dahinter war nichts als pechschwarze Nacht. Sie saß in der Falle.

„Na, was ist mit meinem Tänzchen?“, rief der Soldat keuchend zu ihr hoch.

Hok antwortete nicht. Sie sah sich aufmerksam um. Hinter dem Soldaten erkannte sie die dunklen Umrisse einer hohen Mauer. Das musste die Klostermauer sein.

Früher war sie beim Kung-Fu-Training mit dem Großmeister von Cangzhens höchstem Gebäude über die Klostermauer gesprungen und dahinter gelandet. Sie versuchte zu schätzen, in welcher Höhe sie sich jetzt befand und wie hoch Shaolins Außenmauer sein mochte.

Der Soldat schob erneut die Hand unter seinen Schutzpanzer, und Hok kletterte weiter zum Dachfirst empor. Die Ziegel waren dort so heiß, dass Hok abwechselnd von einem Fuß auf den anderen treten musste. Das brachte sie auf eine Idee. Sie ging in die Knie, formte eine Kranichfaust und rammte sie in einen der Dachziegel.

Der Ziegelstein zerbarst. Durch die Öffnung schlugen Flammen in den Nachthimmel.

„He!“, rief der Soldat, während er mit irgendetwas hantierte. „Was machst du denn da?“

Hok richtete sich wieder auf und riss die Ärmel ihres Kleides ab. Sie wickelte den Stoff geschickt um ein Stück Dachziegel und ließ die zerfetzten Enden der Seide extra lang herunterhängen. Dann hielt sie das Bruchstück an einem Fadenende fest und zündete die restlichen Stofffetzen an den Flammen an, die aus der Dachlücke züngelten. Mit dem brennenden Bündel in der Hand kletterte Hok so schnell sie konnte zum anderen Ende des Daches.

„Wo willst du denn hin?“, rief ihr der Soldat hinterher. Hok sah sich zu ihm um. Er hielt eine Schusswaffe in der Hand. Sie musste schnell handeln.

Hok schwang das flammende Bündel über ihrem Kopf und schleuderte es in die Finsternis hinaus. Im Feuerschein erhaschte sie einen Blick auf die Klostermauer und den Boden dahinter. Sie versuchte abzuschätzen, wie weit weg und wie hoch die Mauer war.

Dann sprang sie los.

鶴

Kapitel 4

Hok landete lautlos hinter der Klostermauer. Sie rollte sich mehrmals im feuchten Gras ab, um die Wucht des Aufpralls abzufedern, und sprang auf die Füße.

Das Shaolinkloster war genau wie das Cangzhen-Kloster von einer grasbewachsenen Ebene umgeben. Es sollte unerwünschten Besuchern erschweren, sich heimlich anzuschleichen. Hok lief so schnell sie konnte über das flache Gelände. Dahinter lag in einiger Entfernung ein Waldstück, das in tiefe Dunkelheit getaucht war. Am Waldrand blieb Hok keuchend stehen, um Atem zu schöpfen. Der Rauch des Feuers war bis hierher gedrungen, doch die Luft war schon viel besser als auf dem brennenden Klostergelände. Hok atmete tief ein. Immer wieder. Ihr war immer noch übel vom Schlafmohn, aber sie durfte sich nicht lange ausruhen.

Hok sah sich um und erstarrte. Sie war nicht allein.

Über ihr schnurrte eine samtene Stimme: „Das war gerade ein ziemlich guter Sprung von dir. Wie gut, dass du mir mit deiner selbst gebastelten Fackel gezeigt hast, was du vorhast. Sonst hätte ich dich nie gefunden.“

Hok blickte auf und sah Tsung auf einem dicken Ast liegen. Er trug ihre Kutte vom Cangzhen-Kloster.

Hok zog die Augenbrauen zusammen.

„Ich habe dir doch gesagt, dass du meine Eintrittskarte ins Shaolinkloster sein wirst“, erklärte Tsung lachend. „Dass ich meine schmutzigen Geschäfte mit deiner geborgten Kutte erledigt habe, wird die Gerüchteküche schön anheizen, meinst du nicht auch? Meine Männer haben keine Ahnung, dass ich Shaolins Wachposten von innen getötet und ihnen das Eingangstor aufgemacht habe. Sie glauben, das warst du! Nach Ying noch ein Cangzhen-Mönch, der das mächtige Shaolinkloster zerstört hat! Die Menschen in dieser Gegend werden außer sich sein vor Wut. Zu schade, dass du das nicht miterleben wirst.“

Hok dachte fieberhaft nach. Stimmte das, was Tsung sagte, oder war es nur ein Trick, um sie zu verunsichern?

Ein schmaler Mondstrahl drang durch das Geäst und fiel auf Tsungs Schultern. Hok sah, wie sich seine Muskeln anspannten, und wusste, was als Nächstes passieren würde.

In dem Moment, als Hok nach hinten sprang, schnellte Tsung aus dem Baum heraus. Er landete genau an der Stelle, an der sie soeben noch gestanden hatte. Hok konnte es kaum fassen, dass sich ein Mensch so schnell bewegen konnte.

Tsung grinste über das ganze Gesicht. „Du bist sehr aufmerksam. Das ist gut. Dann macht das Töten mehr Spaß –“

Er machte erneut einen Satz auf Hok zu, und Hok sprang zur Seite. Wieder verfehlte er sie, doch diesmal streckte er im Sprung die Hand nach ihrem Hals aus.

Seine langen Fingernägel ritzten über ihre Haut und hinterließen fünf dünne Blutstriemen.

Hok wusste, dass sie etwas tun musste. Tsung war viel zu schnell für sie. Es war sinnlos, sich gegen ihn zu verteidigen, ganz abgesehen davon, dass sie immer noch vom Schlafmohn benommen war. Sobald Tsung auf dem Boden landete, stürzte sich Hok auf ihn und stieß ihren rechten Ellbogen gegen seinen Kopf.

Tsung zog überrascht die buschigen Augenbrauen hoch und packte ihren Ellbogen mit der linken Hand. Hok sah, wie er vor Schmerz das Gesicht verzog, als ihr knochiger Arm seine Handfläche traf, doch er ließ sie nicht los. Er verstärkte den Griff und umschloss ihren Armrücken mit seiner anderen Hand.

Tsung grub seine langen Fingernägel in Hoks Arm. Hok formte mit ihrer freien Hand eine Kranichfaust und zielte auf sein Gesicht. Sie rechnete damit, dass er wenigstens eine seiner Hände losließ, um den Schlag abzuwehren. Tat er aber nicht. Stattdessen drehte er einfach den Kopf zur Seite und ließ sie zuschlagen. Hok hätte ihm beinahe das Auge ausgeschlagen. Er blutete stark.

Hok war verwirrt. Sie zog ihren freien Arm zurück, um zu einem zweiten Schlag auszuholen, doch Tsung ging zum Gegenangriff über. Er hielt Hoks rechten Arm immer noch mit beiden Händen fest, riss sie zur Seite und trat mit voller Wucht gegen ihre Beine, sodass sie den Halt verlor.

Hok landete unsanft mit einer Gesichtshälfte auf dem Boden. Sie spürte, wie Tsung ihren Arm durch seine Hände gleiten ließ, bis seine Finger ihr Handgelenk erreichten. Dann drückte er mit beiden Händen fest zu. Ohne ihren ausgestreckten Arm loszulassen, ließ sich Tsung auf den Boden fallen und nahm sie mit den Beinen in die Zange.

Hok lag flach ausgestreckt auf dem Rücken. Tsung hielt sie mit einem Griff fest, aus dem sie sich nicht befreien konnte. Er umschloss ihr rechtes Handgelenk mit beiden Händen und ihren Arm mit den Oberschenkeln. Die Rückseite von Tsungs linkem Bein lag über ihrer Schulter und die Rückseite seines rechten Beines über ihrer Brust. Hok lag machtlos auf dem Boden, und ihr ausgestreckter Arm schmerzte.

„Diesen Griff haben sie euch im Cangzhen-Kloster bestimmt nicht gezeigt“, meinte Tsung. „Lustig, was?“ Er lachte.

Hok schossen vor Schmerz die Tränen in die Augen. Tsung hob langsam seine Hüften, und Hok spürte, wie ihr Ellbogen in eine Richtung gebogen wurde, in der man ihn normalerweise nicht biegen konnte.

Sie versuchte, sich loszureißen, nach links oder rechts zu rücken oder sonst irgendetwas zu tun, aber umsonst. Je mehr sie zog, desto mehr tat es weh. Ihr Atem beschleunigte sich. Hok spürte, wie sich die Sehnen in ihren Armen zum Zerreißen spannten. Ihr ausgestreckter Arm würde jeden Moment durchbrechen. Sie wollte losschreien, doch sie biss die Zähne zusammen.

„Tut ganz schön weh, was?“, schnurrte Tsung. „Aber das ist noch gar nichts. Warte erst mal, wenn ich dir den Arm gebrochen habe. Dann werde ich dir jedes einzelne Gelenk in deinem Körper ausrenken.“

Hok wusste, dass ihr Arm das nicht mehr lange mitmachen würde. Und ihr Körper auch nicht. Sie musste etwas tun. Ohne nachzudenken, riss sie ihren überstreckten Ellbogen zum Himmel und drehte ihren Körper so heftig, wie sie nur konnte, zur Seite.

Hok hörte, wie der Knochen brach, ehe sie es spürte. Ein sauberer Bruch irgendwo unterhalb des Ellbogens. Sie schrie auf, versuchte sich aber weiter wegzudrehen.

Tsungs Griff lockerte sich etwas, und Hok riss ihren verletzten Arm frei. Sie sprang auf die Füße und rannte zu den Bäumen. Die Tränen rannen ihr übers Gesicht, während sie den schmerzenden Arm mit der anderen Hand festhielt.

Es war schon immer Hoks Stärke gewesen, außergewöhnlich schnell und lautlos durch dichten Wald zu gleiten, und diese Fähigkeit kam ihr nun zugute. Sie hörte, dass Tsung ihr folgte, aber sie hörte auch, dass er immer weiter zurückfiel.

Hok lief so lange weiter, bis ihre Beine zitterten und ihre Knie geschwollen waren. Und dann rannte sie noch ein Stück weiter. Endlich kam sie an einen Fluss.

Hok watete in das knöcheltiefe Wasser und folgte dem Strom mehrere *li* durch die Dunkelheit. Sie blieb die ganze Zeit in dem kalten Wasser. Ihre nackten Füße wurden taub, und das Gehen fiel ihr schwer. Trotzdem blieb sie im Fluss, denn so hinterließ sie keine Spuren – weder für Tsung noch für sonst jemanden.

Als die Sonne am Horizont erschien, gelangte Hok an eine Stelle, an der sich der Fluss gabelte. Sie wusste nicht, welchem Strom sie folgen sollte, und blieb unschlüssig stehen. Aufmerksam blickte sie beide Wege entlang. Sie musste einen Platz finden, an dem sie sich ausruhen konnte. Schließlich entschied sie sich ohne besonderen Grund für den linken Fluss. Nachdem sie einen Schritt in die Richtung gegangen war, nahm sie plötzlich eine Bewegung aus den Augenwinkeln wahr. Ein Stück von ihr entfernt stand ein großer Vogel im Wasser. Er hatte einen schneeweißen Körper, einen schwarzen Hals, schwarze Flügelspitzen und eine leuchtend rote Krone auf dem Kopf. Es war ein Kranich.

Hok wandte sich dem Vogel zu, und der Kranich flog weiter flussabwärts. Sie beschloss, ihm zu folgen. Sie war noch nicht weit gegangen, als sich der Fluss plötzlich in ein weites Sumpfgebiet ausdehnte – der ideale Ruheplatz. Der Kranich war weg.

Hok löste zwei der Schleifen an der Seite ihres Kleides und schob behutsam ihren gebrochenen Arm in die Öffnung wie in eine Schlinge. Mit ihrem unverletzten Arm sammelte sie etwas Sumpfgras und breitete es am Ufer aus. Dann sank sie erschöpft auf das provisorische Nest – wie ein Vogel, der seine Schar verloren hatte.

鶴

Kapitel 5

Der neunundzwanzigjährige Tonglong zog heftig an den Zügeln seines Pferdes und hielt vor dem weit offenen Eingangstor des Shaolinklosters an. Es sah ganz so aus, als hätte er ein historisches Ereignis versäumt. Das Shaolinkloster war zerstört. Das waren gute Nachrichten für den Kaiser.

Und noch bessere Nachrichten für Tonglong.

Tonglong warf seinen langen Zopf über die Schulter und sah sich aufmerksam um. Der Angriff musste schon mindestens eineinhalb Tage zurückliegen. Ein Lächeln huschte über sein Gesicht, als sein Blick auf die säuberlich aufeinandergestapelten Reihen mit Leichen fiel, die in der Mittagssonne verwesten. In einigen Gebäuden schwelte noch immer das Feuer, doch die Opfer waren bereits erfasst worden und die Truppen weitergezogen. Das konnte nur Tsung gewesen sein, der ehemalige Shaolin-Mönch, der inzwischen ein General des Kaisers war. Der Kaiser schien derzeit eine Schwäche für abtrünnige Mönche wie Ying oder Tsung zu haben. Doch das würde sich dank Tonglong hoffentlich bald ändern.

Tonglong lenkte sein Pferd an der Außenmauer des Klosters entlang, um nachzusehen, ob er noch irgendetwas Interessantes entdeckte. Mitten auf der grasbewachsenen Ebene, die sich von der Klostermauer zum nahe liegenden Waldrand erstreckte, fiel sein Blick auf einen merkwürdigen Gegenstand im Gras. Er stieg von seinem Pferd und hob ihn auf. Es sah aus wie ein Fetzen roten Seidenstoffs, der um einen abgebrochenen Dachziegel gewickelt war. Der Stoff war fast vollständig verbrannt.

Tonglong ließ den Gegenstand nachdenklich wieder fallen und ritt zum Waldrand hinüber. Dort fand er Spuren eines Kampfes. Er suchte den Boden nach weiteren Anhaltspunkten ab und entdeckte einen winzigen grünen Gegenstand, der im Gras schimmerte.

Tonglong kniete sich nieder und hob den kleinen Jadekranich auf, der an einem Seidenfaden hing. Er erkannte ihn sofort. Das war Hoks Anhänger. Normalerweise trugen Frauen ihren Schmuck an ihrer Schärpe – ähnlich wie Männer ihre Vorratsbeutel. Doch er hatte gesehen, dass Hok den Anhänger um den Hals trug.

Tonglong zog die Augenbrauen hoch. Er band den Seidenfaden um seinen Hals und verbarg den Kranich unter seinem Gewand. Hok war bedeutungslos für ihn, aber Fu und Malao nicht. Sie hatten die Drachen-Schriftrollen, die Ying unbedingt haben wollte. Auch Tonglong wollte die Schriftrollen gerne haben, allerdings aus einem anderen Grund. Ying wollte die kostbaren Dokumente, um Drachen-Kung-Fu zu erlernen. Tonglong wollte sie, um die Weltherrschaft zu übernehmen.

In Wahrheit brauchte Tonglong nur eine der Schriftrollen, nämlich jene, auf der angeblich eine Karte verzeichnet war, die zu einer verborgenen Schatzkammer führte. Wenn das Gerücht stimmte, lagen in der Schatzkammer genug Schätze, um eine Armee zu bezahlen, die so groß war, dass man mit ihr die gesamte Region beherrschen konnte. Und wenn die Umstände günstig waren und die Dinge gut vorbereitet, dann war diese Armee möglicherweise groß genug, um das gesamte Land und vielleicht sogar noch mehr zu beherrschen.

Tonglong wusste, dass er die Dinge Schritt für Schritt angehen musste, so wie er es bisher auch getan hatte. Als er Hok, Fu und Malao vor einer Woche entkommen ließ, hatte er sie dabei belauscht, wie sie darüber gesprochen hatten, zum Shaolinkloster zu gehen. Wenn Hok hier gewesen war, waren es ihre Brüder vielleicht auch. Oder – und das wäre sogar noch besser – sie waren auf dem Weg hierher.

鶴

Kapitel 6

Sie berührte vorsichtig ihren gebrochenen rechten Unterarm und zuckte zusammen. Es tat mehr weh als irgendeine Verletzung, die sie jemals gehabt hatte. Und sie wusste, dass sich die Schmerzen noch verschlimmern, ehe sie wieder nachlassen würden – denn zuerst musste sie die Knochen wieder in die richtige Lage bringen. Sie hatte im Cangzhen-Kloster unter anderem auch gelernt, solche Verletzungen zu behandeln. Sich selbst hatte sie bisher allerdings noch nie versorgen müssen. Hok sah zu den Wolken auf, die sich am Nachmittagshimmel bildeten, und beschloss, die Sache sofort anzugehen.

Als sie sich aufrichtete, begann sich alles um sie herum zu drehen. Sie blickte zum Waldrand hinüber und erkannte nichts als eine verschwommene Fläche aus Birkenrinde und Weidenästen. Sie schloss die Augen, zählte bis hundert und öffnete sie wieder. Allmählich nahm ihre Umgebung wieder feste Formen an.

Hok seufzte. Der Schlafmohn schien immer noch nachzuwirken. Das machte die Sache nicht einfacher.

Hok legte ihre linke Hand auf ihren rechten gebrochenen Unterarm und drückte mit dem Zeigefinger und

Daumen sanft auf die geschwollene Stelle. Ihre Augen füllten sich mit Tränen, und ihre Hände zitterten.

Hok wusste, dass der Unterarm eines Menschen aus zwei verschiedenen Knochen bestand. Sie glaubte zu fühlen, dass nur einer der Knochen gebrochen war, gleich unterhalb des Ellbogens. Die auseinandergebrochenen Stücke bildeten keine gerade Linie mehr, schienen sich aber noch zu berühren. Sie hatte Glück gehabt. Gebrochene Knochen konnten heilen.

Ohne weiter nachzudenken, drückte Hok mit ihren kräftigen Fingern auf die Bruchstelle. Sie spürte, wie die Knochenstücke in ihrem Unterarm aneinanderrieben, und schrie vor Schmerz auf, als sie diese an ihren Platz zurückschob.

Hok sank auf ihren Ruheplatz am Flussufer. Kalter Schweiß strömte über ihre kurzen braunen Haarstoppeln. Der Schweiß rann über ihr zerschundenes Gesicht und vermengte sich mit Tränen. Sie atmete heftig. Wieder begann sich alles zu drehen, und Hok schloss für eine lange Zeit die Augen. Als sie sie endlich wieder aufschlug, wusste sie genau, was sie als Nächstes tun musste. Sie brauchte einen Plan.

Als Hok über alles nachgedacht hatte, was sie in letzter Zeit erlebt hatte, schien ihr Arm plötzlich die kleinste Sorge zu sein. Sie fragte sich, was wohl aus ihren Brüdern Fu, Malao, Seh und Long geworden war. Wo waren sie? Sollte sie nach ihnen suchen? Brauchten sie ihre Hilfe? Sie dachte auch an all die Toten und die Zerstörung im Cangzhen- und Shaolinkloster. Und schließlich machte sie sich, zum ersten Mal, Gedanken über sich selbst.

Hok war seit vielen Jahren daran gewohnt, sich für jemanden auszugeben, der sie gar nicht war – nämlich für einen Jungen. Deshalb waren ihre Gedanken stets um die Menschen in ihrem Umfeld gekreist. Wie sie Hok sahen. Was sie über sie dachten. Es war normal für sie, sich auf die anderen zu konzentrieren. Doch nun war die einzige Person, der sie helfen konnte, sie selbst. Fragte sich nur wie.

Hok spürte die Anwesenheit eines anderen Lebewesens in der Nähe, und ihr Blick glitt aufmerksam über die Sumpflandschaft. Es war der Kranich mit der roten Krone. Sie beobachtete, wie der Vogel auf der Suche nach Futter langsam in ihre Richtung stakste. Hok versuchte sich zu entsinnen, wann sie zuletzt etwas zu sich genommen hatte. Sie erinnerte sich dunkel an einen Traum, in dem Tsung ihr Reisbrei zu essen gegeben hatte – aber sie war sich nicht sicher.

Der Kranich kam weiter auf sie zu, und Hok tastete nach dem winzigen Anhänger an ihrem Hals. Ihre Finger fanden den großen offenen Kragen des roten Seidenkleides, aber keinen Jadeanhänger. Er war weg.

Hok fuhr mit den Fingern über die fünf Kratzer an der Seite ihres Halses. Jetzt fiel ihr wieder ein, dass Tsung sie mit seinen scharfen Fingernägeln gekratzt hatte. Da musste sie den Kranich verloren haben.

In Hoks Augen traten Tränen. Bis zu diesem Augenblick war ihr nie bewusst gewesen, wie viel ihr dieses winzige Schmuckstück von ihrer Mutter bedeutete.

Sie musste irgendetwas tun, um sich abzulenken. Etwas, das ihr half. Sie stand auf, und der Kranich stieß ein lautes Krächzen aus. Er starrte sie an, legte den Kopf schief und flog davon.

Hok sah zu, wie der Kranich einen schmalen Flusslauf entlangflog. Es war ein anderer Fluss als der, den sie gekommen war. Weil ihr nichts Besseres einfiel, beschloss Hok, dem Kranich zu folgen. Sie fand ihr Gleichgewicht wieder und nahm einen großen Schluck Wasser aus dem Fluss. Dann machte sie sich auf den Weg.

Hok ging in den Wald zurück und folgte dem Kranich flussaufwärts, doch plötzlich war von dem Vogel nichts mehr zu sehen. Hok lief trotzdem weiter, und je länger sie ging, desto benommener fühlte sie sich. Sie hatte gedacht, ihr Kopf würde klarer werden, aber dem war nicht so. Zusätzlich zu den Nachwirkungen des Schlafmohns und den Schmerzen, den ihr gebrochener Arm verursachte, spürte sie nun auch, wie erschöpft sie war. Weiterzugehen war vermutlich das Schädlichste, was sie ihrem Körper im Moment antun konnte, insbesondere da sie schon seit längerer Zeit nichts mehr gegessen hatte. Doch sie wusste nicht, was sie sonst tun sollte. Es war sinnlos, einfach nur untätig herumzusitzen und auf Hilfe zu warten.

Hok folgte dem Fluss weiter, in der Hoffnung, dass er irgendwann zu einem Haus oder einem Weg oder dergleichen führen würde. In dieser Gegend musste man einem Fluss oder Strom nur lange genug folgen, dann würde man mit großer Wahrscheinlichkeit irgendwann auf Zivilisation stoßen.

Über ihrem Kopf wurden die Wolken immer dichter, und es begann zu regnen. Binnen kurzer Zeit war sie bis auf die Haut nass und völlig durchgefroren. Immerhin hielt der Regen die Insekten fern und wusch den Schmutz von ihrem Körper und aus ihren Haaren.

Durch den Regen wurde es schon früh dunkel, und Hok wusste, dass sie bald eine Pause einlegen musste. Ihr war wieder schwindlig, und ihre Wahrnehmung begann erneut, verrücktzuspielen. Jetzt glaubte sie sogar, Stimmen zu hören.

Als Hok um eine Flussbiegung bog, zog sie erstaunt die Augenbrauen hoch. Dort standen zwei Personen - eine erwachsene Frau und ein Mädchen, das etwas älter war als sie selbst.

„Komm jetzt endlich von der Brücke runter", schimpfte die alte Frau vom Flussufer. „Wir kommen zu spät."

„Aber ich möchte mir gerne etwas wünschen, Mutter", erwiderte das Mädchen, das einen eleganten Schirm in der Hand trug. „Gib mir eine Münze, damit ich sie ins Wasser werfen und –"

Das Mädchen brach mitten im Satz ab, als sie Hok durch den Fluss auf die Brücke zuwaten sah.

„Was macht denn dieses Mädchen da?", rief die Frau entsetzt. „Die ist doch viel zu groß, um im Wasser oder im Regen zu spielen!"

„Ich glaube nicht, dass sie spielt", meinte das Mädchen. „Schau dir mal an, wie ihr Gesicht aussieht und wie sie den Arm hält. Es sieht eher so aus, als bräuchte sie Hilfe."

„Sie sollte lieber lernen, wie man sich als Dame benimmt", erklärte die Frau empört. „Es gibt keine Entschuldigung für ein Mädchen, so herumzulaufen. Sie ist bestimmt obdachlos. Lass uns lieber gehen, sonst will sie noch Geld von uns."

„Ich weiß nicht ...", sagte das junge Mädchen zweifelnd. Sie trat zögernd von der Brücke, und Hok versuchte, ihr nachzurufen. Doch aus ihrer Kehle drang nur ein heiseres Krächzen. Hok schaffte es gerade noch bis zur Brücke, dann brach sie am Flussufer zusammen.

Das Mädchen rannte zu ihr und musterte Hok mit großen Augen. „Mutter, sieh doch! Ihre Augen sind fast rund, und ihre kurzen Haare sind braun!"

„Rühr sie nicht an!", zischte die Frau. „Sie ist ein Mischling, ein Bastard. Komm schon, wir gehen weiter." Die Frau wandte sich ab und ging den schmalen Pfad entlang.

Das Mädchen sah zuerst Hok und dann ihre Mutter an. Sie legte Hok ihre Münze in die Hand und ging langsam weg.

Am nächsten Morgen lag Hok immer noch neben der Brücke und verlor wieder und wieder das Bewusstsein. Es hatte aufgehört zu regnen, und seit Tagesanbruch waren zahlreiche Fußgänger über die Brücke gegangen. Viele waren stehen geblieben, hatten sie neugierig beäugt und Vermutungen angestellt, wie sie wohl dorthin gekommen sein mochte. Aber keiner hatte ihr geholfen. Immer wieder hörte sie das Wort „Bastard".

Hok hatte die Augen noch geschlossen, weil sie das grelle Morgenlicht blendete, als sie irgendwann ein merkwürdiges Geräusch hörte. Ein leises kryptisches Murmeln, das sich anhörte wie von einem Geist.

„Bist du in Ordnung?“

Hok schlug die Augen auf und schloss sie sofort wieder. Das konnte unmöglich wahr sein.

Sie holte tief Luft und machte die Augen noch einmal auf. Hok spürte, wie das letzte bisschen Farbe aus ihrem ohnehin schon bleichen Gesicht wich. Vor ihr stand ein Geist, am helllichten Tag.

„Brauchst du Hilfe?“

Hok blinzelte mehrmals. Der Geist war immer noch da. Es sah aus, als warte er darauf, dass sie etwas sagte. Versuchte der Geist mit ihr zu kommunizieren?

Hok starrte ihn an. Als Mensch wäre der Geist ein Junge in ihrem Alter gewesen. Er hatte eigentlich ein hübsches Gesicht, allerdings war seine Haut sehr hell und mit kleinen roten Punkten übersät. Seine Augen waren so dunkelblau wie Flusswasser, und seine Haare hatten die Farbe von Stroh.

Der Geist verzog frustriert das Gesicht. Er murmelte erneut etwas, diesmal ganz langsam.

„Brauchst ... du ... Hilfe?“

Hok riss überrascht die Augen auf. Das war kein Geist. Es war tatsächlich ein Junge! Ein *quai lo*. Ein Geisterjunge. Ein Weißer. Der Junge sprach Mandarin, allerdings mit sehr starkem Akzent. Hok konnte ihn kaum verstehen. Sie nickte.

„Ich nehme dich jetzt hoch“, sagte der Junge langsam. „Hab keine Angst.“

Hok nickte noch einmal.

Der Unbekannte hob Hok von dem schlammigen Flussufer hoch und trug sie über die Brücke. Er war sehr stark. Seine breiten kräftigen Schultern zeichneten sich unter dem grauen Bauerngewand ab. Als sie nach unten blickte, sah sie, dass ihr Kleid und ihr Körper schlammverspritzt und völlig durchnässt waren, doch das schien den Jungen nicht zu stören.

Der Fremde trug Hok fest an sich gedrückt wie ein Baby. Ihr gebrochener Arm stieß gegen einen harten Gegenstand, den er unter seinem Gewand quer über der Brust zu tragen schien. Es fühlte sich an wie eine Flöte aus Metall. Sie zuckte vor Schmerz zusammen.

„Entschuldigung", sagte der Junge mit Blick auf ihren Arm. „Ist er gebrochen?"

„Ja", flüsterte Hok schwach.

„Mach dir keine Sorgen", sagte der Junge. „Ich kenne jemanden, der dir helfen kann. Sie ist Chinesin, aber sie wird dich trotzdem wie alle anderen behandeln. Sie versteht Leute wie dich und mich, denn ihr Mann ist einer von uns ... eine Langnase, wie die Chinesen sagen."

Hoks Herzschlag beschleunigte sich. Sie musste unweigerlich an ihren Vater denken, obwohl sie sich kaum noch an ihn erinnern konnte.

„Ich heiße Charles", sagte der Junge. „Ich komme aus einem Land, das sehr weit weg ist: aus Holland. Normalerweise lebe ich auf einem Schiff, aber neuerdings helfe ich der Frau meines Kapitäns hier an Land. Warst du schon mal am Meer?"

In Hoks Kopf begann sich alles zu drehen. „Ich ... ich ..."

Charles runzelte die Stirn. „Entschuldige. Ich sollte dir in deinem Zustand nicht so viele Fragen stellen."

Hok nickte schwach.

„Versuch dich ein bisschen auszuruhen", sagte Charles. „Ich kümmere mich um dich. Das verspreche ich dir. Wir Langnasen müssen zusammenhalten!" Er lächelte.

Hok erwiderte sein Lächeln und schloss die Augen. Vielleicht stimmte, was Tsung über Schlafmohn gesagt hatte, wirklich. Sie schien dem Jungen in sein Herz sehen zu können und wusste, dass er die Wahrheit sagte. Erschöpft schlummerte Hok ein.

Bilder von einem großen weißen Mann mit dichtem braunen Bart und grünen Augen zogen durch Hoks Kopf. Es war ihr Vater. Im Traum hielt er ihre Hand, und eine schöne, große, chinesische Frau hielt ihre andere Hand. Die Frau hatte hohe Wangenknochen und schmale durchdringende Augen. Hok würde das Gesicht ihrer Mutter nie vergessen. Sie blickte auf und wollte ihre Mutter etwas fragen, aber ein spitzer Schrei und die Stimme eines Mädchens rissen sie abrupt aus dem Schlaf.

„Was ist mit ihr?"

Hok schlug die Augen auf und sah, dass sie noch immer in Charles' Armen lag. Er befand sich auf einem schmalen Weg, und direkt vor Hoks Gesicht stand ein kleines hellhäutiges Mädchen, das perfekt Mandarin sprach. Das Mädchen hatte schmale chinesische Augen, aber lange braune Haare.

„Sie sieht wie eine ertrunkene Ratte aus", sagte das Mädchen zu Charles. „Und was hat sie bloß mit ihren Haaren gemacht. Will sie etwa wie ein Junge aussehen?"

„Sie sieht überhaupt nicht aus wie ein Junge", widersprach Charles.

„Tut sie doch“, schnaubte das kleine Mädchen. „Vor allem mit den vielen Verletzungen im Gesicht. Wo hast du sie gefunden?“

„An einer Brücke neben dem Fluss“, antwortete Charles.

„Du willst sie doch nicht etwa bei uns behalten, oder?“, fragte das Mädchen. „Mutter wird furchtbar wütend auf dich sein.“

Charles lachte. „Sie ist nicht meine Mutter.“

Das kleine Mädchen stampfte mit dem Fuß auf. „Du wirst ganz schön Ärger bekommen. Wir können es uns nicht leisten, noch jemanden zu ernähren.“

„Wir können es uns nicht leisten, noch jemanden zu ernähren“, wiederholte Charles spöttisch. „Welches sechsjährige Kind sagt solche Sachen?“

„Ein schlaues“, antwortete das Mädchen. Sie streckte ihm die Zunge heraus und rannte davon.

Charles kicherte und sah Hok an. „Das ist GongJee, das heißt Prinzessin auf Kantonesisch. Es ist gar nicht ihr richtiger Name, aber sie will unbedingt, dass alle sie so nennen. Manchmal kann sie einem ganz schön auf die Nerven gehen, aber du wirst dich schon an sie gewöhnen. Sie ist sehr klug. Sie spricht mandarin und kantonesisch, und sie hat sogar ein bisschen niederländisch gelernt. Und das nur durch Zuhören, wenn ich mit ihrem Vater gesprochen habe.“

Hok jagte eine Gänsehaut über den Rücken. Das Wort niederländisch klang irgendwie vertraut.

„Sieh mal da“, sagte Charles und deutete nach vorn.

GongJee kam mit einer hochgewachsenen chinesischen Frau, die einen kleinen Karren zog, auf sie zu. Die Frau trug einen schneeweißen Turban, den sie tief in die Stirn gezogen hatte, sodass man ihr Gesicht nicht so gut erkennen konnte. Doch Hok erkannte sie trotzdem sofort. Sie würde die hohen Wangenknochen und die schmalen durchdringenden Augen niemals vergessen.

Verblüfft sah Hok zu, wie ihre Mutter Bing den Karren losließ und mit langen, anmutigen Schritten zu ihr lief. GongJee versuchte, mit Bing Schritt zu halten und sah ihre Mutter verdutzt an. „Mama? Was hast du denn?“

Charles blickte erstaunt auf. „Bing? Ist alles in Ordnung?“

Hoks Mutter blieb vor Charles stehen. „Ja, es ist alles in bester Ordnung“, flüsterte sie. „Endlich!“ Sie nahm Hok sanft aus Charles’ Armen.

Hok sah Bing in die Augen und hatte plötzlich das Gefühl, wieder drei Jahre alt zu sein. Während sie sich schweigend ansahen, zogen neun Jahre in einem einzigen Herzschlag vorüber.

„Was ist hier eigentlich los?“, wollte GongJee wissen.

Charles musterte zuerst Bings und dann Hoks Gesicht. Dann breitete sich ein Lächeln auf seinem Gesicht aus. „GongJee“, sagte er. „Du weißt doch, dass deine Mutter manchmal ganz traurig wird, wenn sie an deine ‚verborgene‘ große Schwester denkt. Ich glaube, jetzt wird sie nie mehr traurig sein.“

鶴

Kapitel 7

Die folgenden Wochen waren eine turbulente Zeit für Hok. Sie verbrachte fast jeden Moment mit Bing und hatte eher das Gefühl, mit einer alten Freundin wieder vertraut zu werden als mit ihrer Mutter. Bing sprach nicht viel, doch Hok fühlte sich in ihrer Gegenwart auf eine Weise wohl, wie sie es bei keinem anderen getan hatte.

Körperlich ging es ihr leider weniger gut. Ihre vielen Verletzungen heilten langsamer, als sie gedacht hatte. Ihre Wunden im Gesicht waren noch deutlich zu sehen, und sie spürte nach wie vor die Nachwirkungen des Schlafmohns. Sie hatte mehrere Nächte am ganzen Körper gezittert und schweißgebadet in ihrem Bett gelegen. Aber das hatte sie zum Glück hinter sich.

Hok trug ihren rechten Arm in einer Seidenschlinge eng an ihren Körper geschmiegt. Der Stoff passte zu dem weißen Seidenkleid und Turban, den ihr Bing gegeben hatte. Die Schwellung an ihrem Arm hielt tagelang an und ging erst zurück, nachdem sie die Stelle immer wieder mit einer Salbe aus Weiden und Mutterkraut eingerieben hatte. Bing bewahrte diese und andere Pflanzenheilmittel in dem Karren auf, mit dem sie unterwegs waren. Hok erinnerte sich dunkel daran, dass sich ihre Mutter gut mit Heilpflanzen auskannte.

Ganz langsam begann Hok, ihren Arm wieder zu benutzen. Sie nahm ihn nur aus der Schlinge, wenn sie ihre ersten behutsamen Übungen mit ihm machte. Am besten halfen ihre Grundübungen für das Kranich-Kung-Fu. Die Flügelbewegungen waren ideal dafür, ihren Ellbogen wiederherzustellen. Sie übte stets im Schutz der Dunkelheit, damit unterwegs niemand auf sie oder die anderen aufmerksam wurde. Denn inzwischen wusste Hok, dass sie sich so unauffällig wie möglich verhalten sollten.

Es war gar nicht so leicht, konkrete Informationen von ihrer Mutter zu erfahren, und Hok musste oft die gleiche Frage mehrmals stellen, ehe sie eine Antwort darauf bekam. Sie übernachteten in Herbergen entlang des Weges und schliefen alle vier in einem Raum. Deshalb erfuhr Hok, wenn überhaupt, erst spät in der Nacht etwas, wenn Charles und GongJee schon schliefen.

Inzwischen wusste Hok, dass ihre Mutter nach all den Jahren immer noch auf der Flucht war. Und ihr Vater auch. Sie wusste nicht genau, wo sich ihr Vater im Moment aufhielt – nur dass er in einer weniger gefährlichen Gegend war als sie selbst. Charles war der Kabinensteward ihres Vaters, und ihr Vater hatte ihn wegen der Unruhen in der Region gebeten, den Sommer bei Bing und GongJee zu verbringen. Bing schien irgendwie daran beteiligt zu sein, und Charles sollte ihr helfen.

Hok hatte auch erfahren, dass sie sich auf dem Weg nach Kaifeng, der Hauptstadt der Region, befanden, um dem alljährlichen Drachenbootfest beizuwohnen. Bei diesem Fest wollte Bing mehrere Kontaktpersonen treffen. Hok wusste nicht genau, was das bedeutete, aber sie fand, es klang gefährlich. Ihre Mutter hatte erwähnt, dass sie nicht besonders glücklich darüber sei, dass GongJee mit dabei war, aber es sei ihr nichts anderes übrig geblieben. Bing hatte versucht, GongJee vorübergehend bei anderen Leuten unterzubringen, so wie damals der Großmeister Hok unter seine Fittiche genommen hatte. Doch GongJee war immer wieder davongelaufen. Wenn Bing etwas mehrere Tage lang allein erledigen musste, war Charles der Einzige, bei dem GongJee blieb. Obwohl sich Charles und GongJee oft stritten, spürte Hok, dass sie sich sehr mochten.

Eines Abends stritten sich Charles und GongJee auf Niederländisch, und Hok stellte überrascht fest, dass sie einige Worte davon verstand. Am vertrautesten klang das Wort Henrik – das war der Name ihres Vaters. Nachdem Charles und GongJee eingeschlafen waren, konnte Hok es kaum erwarten, ihrer Mutter einige Fragen über ihren Vater zu stellen. Doch Bing schien nicht zum Reden aufgelegt zu sein. Sie sagte, sie habe etwas Wichtiges für den nächsten Morgen geplant und es sei vernünftiger zu schlafen, als bis spät in die Nacht zu reden.

Hok gab auf und legte sich in ihr Bett.

Als sie am nächsten Morgen erwachte, war das Zimmer leer. Sie war neugierig, was Bing vorhatte. Hok zog sich rasch an, band den Turban über ihre kurzen Haarstoppeln und ging nach draußen. Ihre Mutter, Charles und GongJee luden gerade ihre Sachen aus dem Karren.

„Was macht ihr denn da?", fragte Hok verwundert.

Charles grinste. „Bing hat beschlossen, dass sie heute trainieren will. Gleich wirst du was erleben!"

„Trainieren?", wiederholte Hok erstaunt.

Bing nickte. „Ja. Und du wirst auch trainieren. Tut dein Arm noch weh?"

Hok betastete ihren rechten Arm in der Schlinge. „Ja."

„Und was ist mit deinen Beinen?", wollte Bing wissen.

„Denen geht's prima", antwortete Hok. „Warum?"

„Hat dir der Großmeister jemals beigebracht, mit den Füßen zu jonglieren?", fragte Bing weiter.

„Ja", antwortete Hok. „Das war Teil meines Gleichgewichtstrainings. Was hast du vor?"

„Zeig mal, was du gelernt hast", meinte Bing. „Leg dich auf den Rücken."

„Jetzt sofort?", fragte Hok verdutzt.

Bing nickte.

GongJee kicherte, und Bing sah das Mädchen streng an. „Geh bitte rein, und frag den Besitzer der Herberge, ob er uns kurz einen Hocker borgen kann."

GongJee klatschte aufgeregt in die Hände und rannte los.

Hok hatte keine Ahnung, was das alles sollte. Sie sah Bing fragend an.

Ihre Mutter erwiderte ihren Blick. „Was ist?", fragte sie. „Legst du dich nun hin oder nicht?"

Hok sah Charles an, und Charles nickte ihr aufmunternd zu. Sie rückte ihren Turban zurecht und legte sich am Wegesrand auf den Rücken.

GongJee kam mit einem dreibeinigen Hocker in den

Armen aus der Herberge und reichte ihn Bing. Der Schemel war kniehoch. Hok dachte, dass Bing ihn auf den Boden stellen würde, um an irgendetwas im Karren heranzukommen. Stattdessen warf ihre Mutter den Schemel in Hoks Richtung.

Hok hob instinktiv die Beine und fing den Hocker mit ihren Fußsohlen auf. Bing hatte ihn mit der Sitzfläche voraus geworfen, sodass Hoks Füße auf der glatten Oberfläche Halt fanden. Sie winkelte die Beine an, um den Aufprall abzufedern. Dann drückte sie ihre Hüfte nach oben und streckte die Beine wieder aus, sodass der Schemel kreisend in die Luft flog.

Ab diesem Moment ging fast alles wie von selbst. Hok hatte das Jonglieren mit dem Schemel beinahe vergessen. Es war eines der ersten Dinge gewesen, die sie in GongJees Alter gelernt hatte. In den letzten Jahren hatte sie mit viel schwereren Gegenständen wie Steinblöcken jongliert, um ihre Kraft und ihren Gleichgewichtssinn weiter zu trainieren.

„He, das machst du wirklich gut!“, rief Charles begeistert, während Hok den Schemel mit ihren Füßen durch die Luft wirbelte.

„Der Großmeister war ein guter Lehrer“, sagte Bing anerkennend. „Kannst du auch noch mit anderen Sachen jonglieren?“

„Ja“, antwortete Hok. „Neben Steingewichten habe ich auch mit Bällen, kleinen Tischen, Stühlen, Papierschirmen –“

„Papierschirme!“, rief GongJee dazwischen. „Die sind schwierig!“

Charles lachte. „Ja, GongJee macht sie immer kaputt. Sie ist nicht gerade besonders feinfühlig, falls dir das schon aufgefallen ist."

„Mach's doch besser, wenn du kannst", knurrte GongJee.

„Ich?", sagte Charles. „Mit den Füßen zu jonglieren ist was für Mädchen. Pass auf!"

Hok hörte auf zu jonglieren und fing den Schemel mit der freien Hand auf. Sie setzte sich aufrecht hin und sah zu, wie Charles in einen perfekten Handstand ging. Er begann, auf den Händen herumzulaufen, ohne einzuknicken. „Na, was ist, GongJee – kannst du das auch?", rief Charles.

GongJee zog eine Schnute.

Hok blickte zuerst zu GongJee hinüber und dann auf ihren Arm in der Schlinge. „Weißt du was, GongJee? Sobald mein Arm wieder gesund ist, kann ich dir zeigen, wie das geht. Es ist gar nicht so schwierig, wie es aussieht." Sie zwinkerte dem Mädchen zu, und GongJee strahlte übers ganze Gesicht.

„Das reicht jetzt, Charles", sagte Bing. „Komm lieber her, und hilf mir, die Behälter auszuladen."

„Natürlich", antwortete Charles. Er stellte seine Füße wieder auf den Boden, richtete sich auf und trat neben Bing. „Machst du mit den Akrobaten dein Standardprogramm?"

Bing nickte.

„Was für Akrobaten?", fragte Hok verwundert.

„Das wollte ich dir eigentlich erst nach dem Training sagen", antwortete Bing. „Manchmal trete ich mit Jongliernummern auf, um etwas Geld zu verdienen – vor allem bei Festen. Charles und GongJee führen auch was vor. GongJee kann bereits hervorragend mit den Füßen jonglieren, und was Charles kann, wirst du sehen, sobald das Drachenbootfest begonnen hat."

„Und was ist deine Spezialität?", wollte Hok von ihrer Mutter wissen.

„Pass auf", sagte Bing. Sie nickte Charles zu. „Der große Behälter."

Charles half Bing, den größten Behälter aus dem Wagen zu heben.

Sie stülpten ihn um, und mehrere Pakete mit getrockneten Pflanzen und anderen Heilmitteln purzelten in den Wagen. Charles ließ den großen Tontopf los und trat mehrere Schritte zurück. Bing hielt den riesigen Behälter nun ganz allein. Er war so groß, dass sie ihn kaum mit den Armen umfassen konnte.

Bing warf den schweren Topf in die Luft und stellte sich genau darunter. Hok riss entsetzt die Augen auf. Sie war sich sicher, dass der Behälter den Kopf ihrer Mutter zertrümmern würde, wenn er wieder zu Boden fiel. Im allerletzten Moment beugte Bing ihren Oberkörper flach nach vorn und fing den tönernen Topf zwischen ihren Schulterblättern auf.

Mit offenem Mund beobachtete Hok, wie ihre Mutter Dinge machte, welche die Gesetze der Schwerkraft außer Kraft zu setzen schienen. Bing balancierte den riesigen Behälter auf allen möglichen Körperteilen. Angefangen von ihrem Ellbogen, über ihr Kinn bis zur Spitze ihres Turbans, und das alles, ohne das Gefäß jemals mit den Händen zu berühren. Wenn sie die Position wechseln wollte, veränderte sie einfach ihre Körperstellung, fing den Behälter auf und balancierte ihn so lange, wie sie wollte. Bing hatte alles unter perfekter Kontrolle. So etwas hatte Hok noch nie gesehen.

Schließlich setzte ihre Mutter das Gefäß wieder auf dem Boden ab und nickte Hok zu. Bings Stirn war schweißüberströmt.

„Das ist unglaublich. So etwas habe ich noch nie in meinem Leben gesehen", meinte Hok fasziniert. „Wo hast du das gelernt?"

„Das habe ich mir selbst beigebracht", antwortete Bing. „Wenn du GongJee beibringst, wie man auf Händen geht, dann werde ich dir das hier beibringen. Was hältst du davon?"

Hoks Augen leuchteten. „Ja, gerne."

Bing nickte, und zum ersten Mal erschien die Spur eines Lächelns auf dem Gesicht ihrer Mutter. „Ausgezeichnet", sagte Bing. „Vielleicht können wir in Kaifeng mit dem Training beginnen. Aber jetzt müssen wir zusammenpacken und uns auf den Weg machen. Wenn wir noch rechtzeitig zu Beginn des Drachenbootfestes da sein wollen, dann müssen wir uns beeilen."

鶴

Kapitel 8

Hok, Charles, Bing und GongJee trafen am Vorabend des Drachenbootfestes kurz vor Einbruch der Dunkelheit in Kaifeng ein. Die Stadt war von einer hohen Steinmauer gesäumt, in der sich ein riesiges Holztor befand. Als Hok durch das mächtige Stadttor trat, hatte sie das Gefühl, von der Flut von Eindrücken, Geräuschen und Gerüchen erschlagen zu werden, ganz abgesehen von den Menschenmassen, die durch die Stadt strömten. Am meisten wunderte sich Hok über die schrecklichen Bedingungen, in denen die meisten Menschen zu leben schienen. Das schmutzige Abwasser floss in offenen Kanälen die Straßen entlang, und die meisten Gebäude, die sie passierten, waren in einem erbärmlichen Zustand. Viele der Menschen schienen obdachlos zu sein und nicht mehr zu besitzen als das Kleiderbündel auf ihrem Rücken. Und erschreckend viele hatten Verletzungen und offene Wunden.

Wenn Kaifeng die Hauptstadt der Region war, warum mussten dann so viele Menschen unter diesen schrecklichen Bedingungen leben? Hok nahm sich fest vor, ihre Mutter später danach zu fragen.

Sie fanden die Akrobaten in einem provisorischen Lager am südlichen Ufer des Gelben Flusses. Ganz in der Nähe war eine große Brücke, die das Nord- und Südufer miteinander verband. Die Artisten hatten vier große Zelte auf einem einigermaßen sauberen Uferstück aufgeschlagen, in sicherer Entfernung von den offenen Kanälen, die weiter unten in den Fluss mündeten. Hok atmete erleichtert auf.

Die Akrobaten waren vier Brüder namens Ming, Ling, Ping und Ching. Allerdings machte sich keiner die Mühe, Hok zu erklären, wer welcher war. Und Hok stellte schon bald fest, dass dies auch nicht so wichtig war. Da Bing ihre Angelegenheiten so unauffällig wie möglich erledigen wollte, nannte niemand den anderen beim Namen, solange sie in Kaifeng waren.

Die Brüder überließen Hok, Bing, GongJee und Charles eines ihrer Zelte. Nachdem sie einige Dinge aus dem Karren abgeladen hatten, erklärte Bing, dass sie mit den Brüdern noch zu einem Treffen gehe. GongJee sagte, sie sei ziemlich müde und wolle ins Bett. Charles und Hok beschlossen, sich ein bisschen in der Gegend umzusehen.

Mittlerweile hatte sich die Dunkelheit über die Stadt gesenkt, und am Flussufer waren nur noch wenige Menschen unterwegs. Hok und Charles schlenderten im Mondschein in Richtung Brücke. Am Fuß der Brücke stand eine große Tafel, auf der alle möglichen Veranstaltungen der nächsten Tage angekündigt wurden. In der rechten oberen Ecke hing ein Dokument, das sehr offiziell aussah. Als Hok den Aushang entdeckte, gefror ihr das Blut in den Adern.

„He!“, rief Charles und deutete auf das Papier. „Bist das etwa –?“

„Psst!“, zischte Hok und starrte entsetzt auf die Zeichnung auf dem oberen Teil des Dokuments. „Ja, das bin ich. Sei bloß still.“

„Warum denn?“, fragte Charles leise. „Steht da irgendwas Schlimmes drauf? Ich kann nicht Chinesisch lesen.“

„Warte mal kurz“, flüsterte Hok und überflog den Text unter dem Bild. Sie konnte es einfach nicht glauben. Tsung hatte im Shaolinkloster nicht übertrieben.

„Hier steht, dass ich ein Staatsfeind bin und gesucht werde“, erklärte Hok. „Ich soll beim Angriff auf das Shaolinkloster beteiligt gewesen sein. Und außerdem auch bei der Zerstörung meines eigenen Klosters mitgeholfen haben. Und ganz unten ist eine Belohnung für jeden ausgeschrieben, der dazu beiträgt, meine Brüder Fu, Malao, Seh und Long zu fangen. Auch sie sollen bei der Zerstörung des Cangzhen-Klosters mitgeholfen haben. Das ist doch verrückt.“

Hok rückte den Turban auf ihrem Kopf zurecht und war plötzlich sehr froh, dass sie beschlossen hatte, ihn so lange zu tragen, bis ihre Haare eine vernünftige Länge erreicht hatten. Denn in dem Dokument stand auch, dass sie braunes Haar hatte. Das konnte nur von Tsung kommen.

„Und was machen wir jetzt?“, fragte Charles.

„Das weiß ich auch nicht“, antwortete Hok ratlos. „Ich –“ Sie brach mitten im Satz ab, als ihr Blick auf einen zweiten Aushang fiel, auf dem sich ebenfalls eine Skizze befand.

„Wow“, sagte Charles und deutete auf das Papier. „Sieh dir mal den Typ da an. Ich frage mich, was mit seinem Gesicht passiert ist.“

„Das ist mein ehemaliger Bruder Ying“, antwortete Hok leise. „Er hält sich für einen Drachen. Er wird auch gesucht.“ Sie deutete auf ein kleineres Stück Papier, das direkt daneben hing. „Das hier ist eine Aktualisierung. Darauf steht, dass Ying festgenommen und auf Anweisung des Kaisers ins Gefängnis geworfen wurde.“

„Und was hältst du davon?“, fragte Charles.

„Ich weiß nicht“, antwortete Hok. „Ich glaube, wir gehen besser ins Lager zurück.“

Charles nickte. Er griff nach dem Papier mit Hoks Bild und riss es ab.

„Was machst du denn da?“, flüsterte Hok entsetzt. „So merkt bestimmt jemand, dass es fehlt.“

„Soll ich es wieder zurückhängen?“

Hok dachte einen Moment nach. „Nein, vielleicht behalten wir es besser.“

„Das habe ich auch gedacht“, sagte Charles. „Los, lass uns schnell zurückgehen.“

Als Hok und Charles zum Lager zurückkamen, war Bing noch immer nicht da, und GongJee schlief tief und fest. Hok zündete eine kleine Öllampe an und setzte sich in ihrem Zelt neben Charles. Charles holte das Papier mit Hoks Bild aus den Falten seines Gewandes hervor.

„Und jetzt?“, fragte er.

„Ich weiß auch nicht“, sagte Hok. „Was meinst du?“

„Ich glaube, wir sollten es unbedingt Bing zeigen“, meinte Charles. „Leider dauern ihre Treffen meistens die ganze Nacht. Es hat also keinen Sinn, auf sie zu warten. Am besten legen wir uns aufs Ohr und sprechen gleich morgen früh mit ihr."

„Das klingt vernünftig", sagte Hok. Sie kratzte sich am Kopf und begann, ihren Turban abzuwickeln. „Hier drin kann mich doch keiner sehen, oder? Hier bin ich sicher."

„Na klar", sagte Charles und gähnte. Er legte das Papier neben Hok auf den Boden und stand auf. „Ich geh jetzt schlafen. Morgen reden wir weiter, ja?"

„In Ordnung", sagte Hok.

„Gute Nacht, Hok."

Hok nickte und verbarg das Dokument in ihrem Kleid. Als sie die Öllampe ausblies, gingen ihr Hunderte von Fragen durch den Kopf.

„Gute Nacht, Charles."

鶴

Kapitel 9

Auf der anderen Flussseite gegenüber des Akrobatencamps war Tonglong mit eigenen Vorbereitungen für das Drachenbootfest beschäftigt. Er war in Begleitung von Yings Truppen nach Kaifeng gekommen und hatte den Männern bereits ihre Anweisungen gegeben. Der Anführer des derzeitigen Projekts war allerdings kein Soldat, sondern ein ehemaliger Räuber. Ein sehr gefürchteter Räuber.

Tonglong deutete auf einen großen hölzernen Drachenkopf, der am Flussufer lag. Die hell gestrichenen Ritzen seines mit Schnitzereien verzierten Gesichtes waren schlammverspritzt. „Ich möchte, dass du das Ding sauber machst, sobald du es am Boot befestigt hast“, sagte er zu dem Anführer. „Und vergiss nicht, den Schwanz sauber zu machen. Ich will nicht wegen Nichtbeachtung der Regeln und eines schmutzigen Gefährts disqualifiziert werden.“

„Ich weiß, ich weiß“, antwortete der riesige Mann. „Ich kenne die Vorschriften. Im Räuberlager war ich zehn Jahre lang für die Boote verantwortlich. Wir hatten auch Drachenboote und –“

„Quatsch nicht ssso viel“, fiel ihm eine seidige Stimme

ins Wort. „Ssspar dir deine Energie lieber für morgen. Du wirst sssie brauchen."

Tonglong blickte auf und erkannte im fahlen Mondlicht den Umriss einer Frau, die er gut kannte. Sie saß mit angewinkelten Beinen am Flussufer. Er hatte keine Ahnung, wie lange sie schon da saß. „Hallo, Mutter", sagte er.

„Ich grüße dich, mein Sssohn", antwortete sie.

HaMo, der Anführer, wandte sich zu der Frau um. „Du musst damit aufhören, dich immer so an die Leute heranzuschleichen, AnGangseh."

AnGangseh schmunzelte und beugte sich in das Mondlicht vor. Ihr langes, dichtes Haar schimmerte wie die Schuppen einer frisch gehäuteten Schlange. „Kröten fürchten sssich naturgemäß vor Kobras. Du wirst dich schon noch an meine Methoden gewöhnen."

„Werde ich nicht", erwiderte HaMo und wandte sich wieder dem Drachenboot zu. „Wenn wir hier fertig sind, werde ich mein Geld nehmen und so weit von dir weggehen, wie es nur geht. Wie lange dauert es noch, bis wir den Schatz bekommen?"

„Nicht mehr lange" antwortete Tonglong. Er warf seinen langen dicken Zopf über die Schulter. „Was hast du herausgefunden, Mutter?"

„Bing ist im Lager der Akrobaten angekommen", antwortete AnGangseh. „Sssie war nicht allein. Unter anderem ist ein Mädchen bei ihr, das ich dabei beobachtet habe, wie es unten an der Brücke einen Sssteckbrief gestohlen hat."

Tonglong strich mit den Fingern über den winzigen Jadekranich um seinen Hals und lächelte zufrieden. „Das sind ja gute Neuigkeiten, Mutter. Hast du von den Räubern zufällig auch jemanden gesehen?"

„Nein", antwortete AnGangseh.

„Ich bin sicher, dass Mong und seine Bande auch zum Drachenbootfest nach Kaifeng kommen", meinte HaMo. Er sah Tonglong an. „Was ist mit deinem kleinen Bruder?"

„Halbbruder", korrigierte ihn Tonglong. „Ich habe Seh beim See unterhalb des Räuberlagers dabei belauscht, wie er seinen Klosterbrüdern Fu und Malao erzählte, dass sie Mong am ersten Tag des Drachenbootfestes in Kaifeng treffen sollen. Nach dem, was ich mit eigenen Augen gesehen habe, zweifle ich nicht daran, dass die drei Jungs es bis hierher schaffen werden. Sie sind außergewöhnlich zäh und talentiert. Man sollte diese Burschen auf keinen Fall unterschätzen."

„Tu ich auch nicht", sagte HaMo. „Angenommen, die Jungs und die Räuber kommen tatsächlich hierher, glaubst du, sie werden sich alle hier treffen? Das halte ich für sehr unwahrscheinlich."

„Sie werden sssich bestimmt an einem geheimen Ort treffen", sagte AnGangseh. „Ich schlage vor, wir behalten die Akrobaten weiterhin im Auge. Bing ist jetzt bei ihnen, und sie haben das Räuberlager schon mehrmals aufgesucht."

„Einverstanden", sagte Tonglong. „Ich gehe davon aus, dass die Akrobaten ihre Vorführung in der Nähe der Brücke machen. Das ist die beste Stelle, denn dort kann man sie von beiden Ufern aus sehen. Die Räuber werden bestimmt auch da sein, in der Hoffnung, dort auf Bing zu treffen, und die Jungs werden den Räubern folgen. Zwischen den vielen Menschen werden sie sich sicher fühlen, und darauf werden sie auch ihr Augenmerk richten. Es wird ein Leichtes sein, sie von den Drachenbooten aus anzugreifen. Damit werden sie nie rechnen."

„Welcher Junge hat die Schriftrolle?", fragte HaMo. „Dein Bruder?"

„Halbbruder", korrigierte Tonglong erneut. „Aber das spielt sowieso keine Rolle." Er sah AnGangseh an. „Entschuldige, dass ich das sage, aber meine familiäre Verbindung zu Seh bedeutet mir rein gar nichts. Ich werde sie genauso kappen, wie ich jeden köpfen werde, der sich mir in den Weg stellt."

AnGangseh nickte, und ein schiefes Lächeln erschien auf ihrem Gesicht. „Das habe ich auch nicht anders erwartet, mein Sssohn. Du bist nicht wie Ssseh, der den sensiblen Charakter seines Vaters geerbt zu haben scheint. Dein Vater wäre stolz auf dich."

Tonglong nickte.

HaMo sah Tonglong von der Seite an, und Tonglongs Miene verfinsterte sich. „Was glotzt du mich denn so an? Mach dich lieber wieder an die Arbeit! Dafür bezahle ich dich schließlich, oder? Mach die Verzierungen am Boot fertig, und dann erledige noch die übrigen Dinge. Morgen beginne ich meine Reise zum Thron an der Stelle, an der die Reise meines Vaters zu Ende war!"

鶴

Kapitel 10

Am nächsten Morgen erwachte Hok früh und schlich auf Zehenspitzen aus dem Zelt, während Charles und GongJee noch tief und fest schliefen. Ihre Mutter war allein und schürte das Lagerfeuer.

„Guten Morgen“, sagte Bing.

„Guten Morgen“, erwiderte Hok. „Hoffentlich.“

„Stimmt irgendwas nicht?“, fragte Bing.

Hok nickte und zog den Aushang aus ihrem Kleid hervor. Sie reichte ihn ihrer Mutter.

„Hm ...“, sagte Bing nachdenklich, während sie das Dokument las. „Das hätte ich mir eigentlich denken können, dass so was passieren würde. Lass dich dadurch nicht aus der Ruhe bringen“, fuhr sie fort. „Mein Bild hing schon viele Male an dieser Tafel.“

Hok runzelte die Stirn. „Tatsächlich?“

„Du brauchst dir deswegen nicht allzu viele Gedanken machen“, sagte Bing. „Solange du deinen Turban trägst, wird dich heute keiner erkennen. Es werden Tausende von Menschen kommen. Keiner wird dich bemerken.“

„Bist du sicher?“, fragte Hok. „Ich möchte dich und die anderen nicht in Schwierigkeiten bringen.“

„Niemand wird in Schwierigkeiten geraten“, sagte

Bing. „Ich habe einen weißen Schleier. Den kannst du tragen, wenn dir das lieber ist. Dann sieht man auch diese garstigen blauen Flecken, die dein hübsches Gesicht verunstalten, nicht mehr so gut."

„Werde ich mit dem Schleier nicht erst recht verdächtig aussehen?", fragte Hok besorgt.

Bing schüttelte den Kopf. „Ist dir nicht aufgefallen, wie viele Menschen hier mit offenen Wunden herumlaufen? Der Schleier wird dir die Menschen vom Leib halten. Sie werden Angst haben, sich bei dir anzustecken."

„Verstehe", sagte Hok. Sie dachte an die schrecklichen Verhältnisse, die sie gesehen hatte, als sie in die Stadt gekommen waren. „Ich habe mich sowieso schon gewundert, warum hier alles so schmutzig und heruntergekommen ist. Das ist immerhin die Hauptstadt, oder?"

„Was hat euch der Großmeister über die politische Situation in dieser Region erzählt?", fragte Bing.

„Über die politische Situation?", wiederholte Hok. „Darüber durften wir im Kloster nicht sprechen."

Bing schüttelte den Kopf. „Das ist mal wieder typisch Großmeister. Was weißt du über den neuen Kaiser?"

„Nicht viel. Ich weiß nur, dass Ying bei seinem Angriff auf unser Kloster mit ihm unter einer Decke gesteckt hat. Auf der Tafel unten an der Brücke hängt allerdings noch ein Zettel, auf dem steht, dass der Kaiser Ying wegen Staatsverbrechen eingesperrt hat." Sie hielt inne. „Ehrlich gesagt, weiß ich nicht, was ich davon halten soll."

„Die wenigsten Menschen sind hundert Prozent gut oder böse", sagte Bing. „Das gilt auch für den gegenwärtigen Kaiser. Er ist ein Opportunist. Und seine Pläne ändern sich so oft, wie sich der Wind dreht. Weißt du, warum wir nach Kaifeng gekommen sind?"

Hok schüttelte den Kopf. „Nicht genau."

„Dein Vater und ich gehören zu einer losen Gruppe verschiedener Organisationen, die manchmal auch als ‚Der Widerstand' bezeichnet wird. Unser Ziel ist es, langfristig Frieden und Wohlstand in dieser Region und in ganz China zu schaffen. Die Dinge müssen sich ändern, und wir versuchen, dabei mitzuhelfen. Wir versuchen, einen anderen Kaiser an die Macht zu bringen."

„Ist er für die schlimmen Zustände hier in Kaifeng verantwortlich?", fragte Hok.

„Zum Teil schon", antwortete Bing. „Er hat den Bewohnern so viel Steuern aufgebürdet, dass die meisten von ihnen nicht einmal genug Geld haben, um sich etwas zu essen zu kaufen. Natürlich ist der gegenwärtige Kaiser nicht schlimmer oder besser als der letzte oder vorletzte. Unser erstes Ziel ist es, den Kaiser auf uns aufmerksam zu machen und mit ihm ins Gespräch zu kommen. Nur mit vernünftigen Verhandlungen können wir es besser machen als die anderen. Verstehst du?"

„Ich glaube schon", sagte Hok. „Und wie wollt ihr ihn auf euch aufmerksam machen?"

„Mit einer uralten Methode", antwortete Bing. „Mit Krieg."

Hok blinzelte. „Mit Krieg?"

„Nennen wir es eher strategische Gefechte, an denen nur die Soldaten des Kaisers beteiligt sind."

„Warum wehren sich die vielen Menschen denn nicht selbst?", fragte Hok.

„Das wird niemals geschehen. Der Durchschnittsbürger hat keine Ahnung, wie er sich wehren kann.“

„Ihr könntet es ihnen zeigen“, schlug Hok vor.

Bing schüttelte den Kopf. „Das wäre Zeitverschwendung. Einer meiner ehemaligen Brüder hat das mal versucht und ist gescheitert. Ich habe ihn gewarnt, dass es nicht funktionieren würde, und am Ende musste jemand, der ihm sehr nahestand, mit dem Leben bezahlen.“

„Wirklich?“, fragte Hok.

Bing nickte. „Mein früherer Bruder hat in Kaifeng eine Schule aufgemacht. Dort hat er Kung-Fu unterrichtet. Leider waren die meisten seiner Schüler rücksichtslose junge Männer. Anstatt sich mit den Kampftechniken zu verteidigen, haben sie diese für schlechte Zwecke missbraucht. Ich habe es mit eigenen Augen gesehen und meinen Bruder und seinen besten Schüler zur Rede gestellt. Der Schüler fühlte sich von meinen Vorwürfen beleidigt und forderte mich zum Kampf heraus. Es war eine verfahrene Situation.“

„Und dann?“, fragte Hok atemlos.

„Dann habe ich ihn getötet.“

„Du hast was?“

„Psst“, zischte Bing. „Nicht so laut. Ich hatte keine andere Wahl. Er war eine Bedrohung.“

„Was hat er denn so Schlimmes getan?“

„Er hat gestohlen“, antwortete Bing. „Die Schüler hatten eine Diebesbande gegründet, und der Beste von ihnen war ihr Anführer. Sie waren ziemlich gefährlich.“

„Sie waren Räuber?“, fragte Hok.

„Nein, Diebe“, erwiderte Bing. „Räuber kämpfen gegen die Mächtigen, um den Schwachen zu helfen. Diebe stehlen einfach nur für sich selbst.“

„Verstehe“, sagte Hok. „Und was ist aus deinem Bruder geworden?“

„Nach dem Vorfall ist er verschwunden. Seitdem suche ich ihn.“

„Meinst du, er ist jetzt auch ein Dieb?“

„Ich weiß es nicht“, antwortete Bing. „Schon möglich. Vielleicht schämt er sich auch nur. Jedenfalls hoffe ich, dass ich ihn eines Tages wiederfinden werde. Das alles ist schon viele Jahre her, und keiner hat ihn seitdem je wieder gesehen. Es geht das Gerücht um, dass er immer noch in der Gegend lebt. Manche Leute behaupten, sie hätten ihn neben einem schneeweißen Affen auf einem Baum sitzen sehen. Sie nennen ihn den Affenkönig.“ Bing hielt inne. „Da ist noch etwas, das du wissen solltest. Er ist der Vater deines Bruders Malao.“

Hok zog ihre schmalen Augenbrauen hoch.

„Wenn du deinen kleinen Bruder jemals wiedersehen solltest“, sagte Bing, „dann sag ihm, dass es mir sehr leidtut, was mit seinem Vater passiert ist.“

Hok nickte. Sie musste unweigerlich an ihren eigenen Vater denken und fragte sich, wie es ihm jetzt wohl erging. Sie räusperte sich.

„Kannst du mir ein bisschen von ... Vater erzählen?“, bat sie. „Ich würde gerne wissen, wo er jetzt ist.“

„Ich weiß nicht, wo er ist“, antwortete Bing. „Er bleibt nie lange an einem Ort.“

Aber das genügte Hok noch nicht. Sie holte tief Luft.

„Wenn du wüsstest, wo sich Vater aufhält, würdest du es mir dann sagen?"

„Natürlich", antwortete Bing. „Hast du das Gefühl, dass ich dir irgendwelche Informationen vorenthalte?"

Hok zuckte die Schultern.

Bing sah Hok in die Augen. „Es tut mir leid, wenn du das glaubst. Es ist nicht meine Art, viel zu reden. Und zu deinem eigenen Schutz ist es das Beste, wenn du nicht allzu viel über das weißt, was dein Vater und ich tun."

Hok spürte, wie sie rot wurde. „Ich würde ihn wirklich gerne mal sehen."

„Ich bin sicher, dass er dich mit offenen Armen empfangen wird. Weißt du, er besitzt immer noch das Schiff, auf dem du aufgewachsen bist. Erinnerst du dich?"

Hok lächelte. „Ja. Wofür benutzt er es jetzt?"

Bing sah sich kurz um und senkte die Stimme. „Er benutzt es immer noch zum Transport von großen Warenmengen. Bevor du geboren wurdest, war es ein Handelsschiff, das Waren zwischen China und seiner Heimat hin- und hertransportierte. Jetzt benutzt er es ausschließlich für den Widerstand. Seine letzte Transportware waren Schusswaffen."

Hok runzelte die Stirn. Sie musste unweigerlich an die vielen Toten und die Zerstörung denken, welche die Schusswaffen im Cangzhen- und Shaolinkloster angerichtet hatten.

„Ich weiß, es sind schreckliche Waffen", sagte Bing. „Aber für unsere Sache sind sie unabkömmlich. Der Kaiser hat sie im vergangenen Jahr sehr oft eingesetzt, und wie man sieht, leider sehr erfolgreich. Das Schießpulver wurde schon vor Hunderten von Jahren in China erfunden. Wir haben es für Feuerwerk und andere Vergnügungsformen verwendet. Dann haben die Männer aus dem Teil der Welt, aus dem dein Vater kommt, eine Möglichkeit entdeckt, wie man die Kraft des Pulvers für zerstörerische Zwecke nutzen kann. Sie haben Schusswaffen erfunden und sie hierhergebracht."

Hok erinnerte sich plötzlich an den harten Gegenstand, gegen den ihr Arm gestoßen war, als Charles sie getragen hatte. „Trägt Charles eine Schusswaffe?", fragte sie.

Bing nickte. „Zwei, um genau zu sein. Er legt sie nur ab, wenn er einen Auftritt hat, weil er sie dabei verlieren könnte. Er kann ausgesprochen gut mit ihnen umgehen. Ich habe noch nie erlebt, dass er sein Ziel verfehlt hat."

Hok wollte wissen, auf was Charles denn geschossen hatte, aber vielleicht war es wirklich besser, wenn sie nicht alles wusste.

Bing drehte das Papier mit Hoks Porträt nachdenklich in den Händen und beugte sich nach vorn. Ein winziger Jadekranich rutschte zwischen den Falten ihres Kleides hervor.

Hok wurde das Herz schwer. Sie tastete mit den Fingern nach ihrem bloßen Hals und schluckte.

„Alles in Ordnung?", fragte Bing.

„Erinnerst du dich noch an das Geschenk, das du mir gegeben hast, bevor du mich ins Cangzhen-Kloster gebracht hast?", fragte Hok.

„Du meinst den kleinen Kranich?", sagte Bing. „Natürlich. Und du, erinnerst du dich auch daran?"

Hok wandte den Blick ab. „Ja. Ich habe ihn immer getragen. Ich hatte ihn unter meiner Kutte versteckt, bis ... ich ihn verloren habe. Wahrscheinlich ist der Anhänger abgerissen, als ich mit General Tsung beim Shaolinkloster gekämpft habe. Es tut mir leid. Er fehlt mir sehr."

„Das braucht dir nicht leidzutun", sagte Bing. „Ich fühle mich sehr geschmeichelt und geehrt, dass du ihn die ganze Zeit über getragen hast. Ich mach dir einen neuen."

„Wirklich?", sagte Hok erleichtert. „Danke."

Bing nickte und räusperte sich. „So, genug geredet. Es wird Zeit, dass wir die anderen wecken. Wir müssen vor unserem Auftritt am Nachmittag noch viel vorbereiten. Ich habe mir überlegt, dass du, GongJee und ich heute besser nicht auftreten. Sollen die Männer erst zeigen, was sie können, und wir kommen morgen dran. Was hältst du davon?"

„Einverstanden", sagte Hok. „Obwohl ich nicht einmal weiß, was die Männer überhaupt machen."

„Es wird dir bestimmt gefallen", sagte Bing und rollte den Steckbrief zusammen. „Hast du was dagegen, wenn ich das hier behalte? Ich möchte es gerne ein paar Leuten zeigen."

„Klar", sagte Hok. „Du meinst die Akrobaten?"

„Nein. Sie gehören zwar auch zum Widerstand, aber sie dienen uns vor allem als Informanten. Ich habe vor, mich nach der Vorführung mit mehreren ehemaligen Brüdern zu treffen. Sie sind die wahren Anführer des Widerstands. Ich will es ihnen zeigen, falls sie es noch nicht gesehen haben. Außerdem möchte ich dich ihnen vorstellen. Oder besser gesagt wieder vorstellen. Einige von ihnen haben dich nicht mehr gesehen, seit du ein oder zwei Jahre alt warst."

Hok rückte den Turban auf ihrem Kopf zurecht. „Meinst du, ich werde mich an einen von ihnen erinnern können?"

„Das weiß ich nicht", antwortete Bing. „Kommen dir die Namen Python, Bär, Tausendfüßler, Hund oder Bergtiger zufällig bekannt vor?"

Am Nachmittag stand Hok mit ihrer Mutter und GongJee am Flussufer. Charles und die vier Akrobaten waren noch in den Zelten und machten sich fertig. Hok war sehr gespannt auf die Vorstellung.

Hok befand sich etwa hundert Schritte flussabwärts vom Lager entfernt, und Bing und GongJee hielten große leere Körbe in der Hand. Mit den Körben sammelten sie Spenden bei den Vorführungen. Hok trug einen kleineren Korb über einem Arm. Den anderen hatte sie sicherheitshalber wieder in die Schlinge gesteckt, um ihn vor der ungestümen Menge zu schützen.

Hok konnte es kaum glauben, wie viele Menschen sich am Ufer drängten. Es schien, als hätte sich die Einwohnerzahl von Kaifeng über Nacht verzehnfacht. Die vielen Menschen und Geräusche erinnerten sie an den Moment, als sie die Stadt zum ersten Mal betreten hatte.

Hoks Blick glitt über den Fluss und die rund fünfzig Drachenboote, die bereits im Wasser lagen. Ihre bunt bemalten Köpfe und Schwänze schimmerten in der Sonne. In den Booten saßen jeweils zwanzig Ruderer, die das

Boot im Takt von Trommelschlägen vorantrieben. Die Mannschaftsmitglieder trugen festliche, bunte Gewänder und schwarze Seidenhüte. Hok hatte noch nie in ihrem Leben so viel Buntes auf einem Fleck gesehen.

Plötzlich wurden die Zuschauer unruhig, und Hok sah sich zum Lager um. Von dort ertönte der durchdringende Rhythmus einer einzelnen Trommel, und die Zuschauer klatschten mit.

BUMM-BUMM-BUMM!

Die Menge begann, sich langsam zu teilen, und Hok sah, wie einer der Akrobaten näher kam. Er schlug eine sehr große Trommel mit einem kurzen dicken Stab. Hinter ihm folgte einer seiner Brüder in einem eleganten Gewand mit einer riesigen Maske, die seinen gesamten Kopf bedeckte. Der Akrobat mit der Maske schwang eine lange Peitsche aus bunten Bändern.

Nach ihnen kamen die schönsten und kunstvollsten Wesen, die Hok jemals gesehen hatte. Sie hatten vier Beine und sehr langes orangefarbenes Haar, das ihren gesamten Körper und die riesigen bunten Köpfe bedeckte. Sie sahen aus wie übergroße Löwen.

Hok lächelte. Jetzt wusste sie, was Charles' Spezialität war: Er war ein Löwentänzer! Der erste Löwe war deutlich kleiner als der andere und wie ein Löwenjunges verkleidet. Das musste Charles sein. Seine Arme waren seine Vorderbeine – was auch erklärte, warum Charles so gut auf den Händen gehen konnte.

Der erwachsene Löwe bestand aus zwei Personen. Die erste stand aufrecht und spielte den Kopf und die Vorderbeine. Die zweite war vornübergebeugt und bildete

Rücken und Hinterteil des Tieres. Der Akrobat mit der Maske und der Peitsche sollte der Dompteur sein.

Die Zuschauer bildeten einen großen Kreis, und die Löwen trotteten in die Mitte. Die Menschen strömten scharenweise zu ihnen. Hok spürte, wie sich ihr Herzschlag beschleunigte, während der Energiepegel um sie herum sprunghaft anstieg. Der Trommler begann, lauter und fester zu trommeln, und die Löwen schüttelten sich im Takt. Der große Löwe hatte ausdrucksvolle, funkelnde Augen und ein gewaltiges Maul, das auf- und zuklappte. Sogar die Ohren wackelten.

Plötzlich sprang das Löwenjunge auf den Rücken des größeren Löwen und begann, sich blitzschnell um sich selbst zu drehen. Die Zuschauer klatschten begeistert. Das Junge sprang wieder auf den Boden und rollte sich auf die Seite. Dann sprang es wieder auf seine Füße und fing an, wild umherzuspringen und den Kopf auf und ab zu werfen. Die Menge johlte.

„Hier“, sagte GongJee, und Hok spürte, wie sie etwas in die Seite stupste. Es war ein großer leerer Korb. Bing war veschwunden.

„Nimm du Mamas Korb“, sagte GongJee. „Sie ist gleich wieder da.“ Sie deutete auf den Zuschauerkreis. „Du gehst da lang, und ich komme dir entgegen. Wenn der Korb voll ist, kannst du ihn zu Mama bringen. Dann gibt sie dir einen neuen. Falls du sie nirgends siehst, pfeifst du einfach wie ein Kranich. Weißt du, wie das geht?“

Hok nickte.

GongJee stapfte davon und begann, bei den Zuschauern Münzen einzusammeln. Hok sah ihr eine Weile dabei zu. GongJee lächelte jeden, der zu ihr kam und ihr etwas gab, dankbar an. Sie tat das offensichtlich nicht zum ersten Mal.

Hok ging langsam in die entgegengesetzte Richtung.

Als sie ihre erste Münze bekam, spürte sie plötzlich, dass jemand sie anstarrte. Sie blickte auf und wäre beinahe über ihre eigenen Füße gestolpert.

„HOK!", kreischte jemand. Es war Malao. Und Seh und Fu waren auch da! Hok konnte es kaum fassen. Alle drei trugen zerschlissene Bauerngewänder und sahen ganz ungewohnt aus, denn sie hatten Haare. Vor allem Sehs Haarschopf war besonders dicht und wild.

Hok war froh, dass sie den Schleier trug. So konnte man wenigstens nicht sehen, dass sie über das ganze Gesicht strahlte. Trotzdem hielt sie es für klüger, sich abzuwenden, damit man ihr die Aufregung nicht anmerkte. Sie machte ein paar Schritte rückwärts.

„He!", rief Malao. „Warum trägt Hok – mmmmpf!"

Hok brauchte sich nicht umzudrehen. Sie wusste auch so, was passiert war. Seh hatte seine schmale Hand auf Malaos Mund gepresst. Er wollte offensichtlich verhindern, dass man auf Hok oder sie aufmerksam wurde. Wenn es darum ging, sich unauffällig zu verhalten, war Seh schon immer ein Experte gewesen. Hok hielt es für das Beste, von hier zu verschwinden. So unauffällig wie möglich ging sie in Richtung Lager davon, in der Gewissheit, dass ihre Brüder ihr folgen würden.

鶴

Kapitel 11

„Da sind sie“, sagte Tonglong und deutete vom Heck des Drachenbootes zum Ufer.

AnGangseh nickte. Sie saß vorne im Bug. „Ja, ich sssehe sie.“

HaMo drehte sich auf dem Sitzplatz direkt hinter AnGangseh um. „Und was machen wir jetzt?“

„Warte auf mein Kommando“, befahl Tonglong. Er rückte den schwarzen Hut auf seinem Kopf zurecht und stand auf, sodass das lange, schmale Boot im Wasser hin und her schwankte. Als er sich räusperte, drehten sich zwanzig Soldaten – jeweils zehn auf einer Seite – erwartungsvoll nach ihm um.

Tonglong deutete auf eine Stelle am Südufer, an der eine Ansammlung von Menschen einen Kreis gebildet hatte. „Da befinden sich unsere Zielobjekte. Vergesst nicht, die meisten von ihnen sind zwar noch ziemlich jung, aber wenn es ums Kämpfen geht, sind sie alles andere als Kinder. Sie können besser kämpfen als ihr, also lasst sie bloß nicht zu nahe an euch herankommen, und verlasst euch lieber auf eure Waffen. Die jungen Mönche scheinen sich von der Zuschauermenge zu entfernen und zum Lager zu gehen. Dort gehen wir an Land. Los geht’s.“

Die Männer ließen ihre Paddel zurück ins Wasser sinken, und Tonglong blickte über seine Schulter. Er hob die Hand und gab fünf weiteren Drachenbooten, die direkt hinter ihnen durchs Wasser glitten, ein Zeichen.

Tonglong zeigte auf das Lager und setzte sich wieder. Alle sechs Boote glitten zügig durchs Wasser. Schließlich überholten die fünf Boote Tonglongs Kahn und legten etwa zweihundert Schritte vom Lager entfernt am Ufer an. Einhundert mit festlichen Kostümen verkleidete Soldaten kletterten flink ans Ufer und stellten sich in Reihen auf, während Tonglong und seine zwanzig Bootsmänner plus AnGangseh und HaMo ihr Boot in unmittelbarer Nähe des Ufers im Wasser stoppten.

AnGangseh zog sich eine große schwarze Kapuze über den Kopf, glitt langsam von ihrem Sitz und presste sich mit dem Körper auf den Boden des Bootes. HaMo saß kerzengerade auf seinem Platz und starrte mit vorgereckter Brust auf die vielen Menschen.

Die Leute am Ufer und auf der Brücke bemerkten plötzlich, dass irgendetwas nicht stimmte. Es war nicht üblich, dass die Mannschaft eines Drachenbootes an Land ging und sich reihenweise aufstellte. Und schon gar nicht, dass sie mit Speeren und Breitschwertern bewaffnet waren. In der Menge brach Panik aus. Die Menschen deuteten aufgeregt auf die Soldaten und dann auf Tonglongs Drachenboot.

Tonglong sah zum Lager hinüber und entdeckte seinen Halbbruder Seh neben einer Feuerstelle, gemeinsam mit den jungen Cangzhen-Mönchen Malao und Fu. Bei ihnen standen auch noch eine Frau und ein junges Mädchen, die beide einen Turban trugen, außerdem noch ein kleines Mädchen mit braunen Haaren und ein hellhäutiger Junge. Es war eine merkwürdige Gruppe, und sie schienen sehr aufgeregt zu sein. Dabei waren sie so mit sich selbst beschäftigt, dass sie noch gar nicht bemerkt hatten, was um sie herum vorging. Tonglong erhob sich und zog den Hut vom Kopf. Sein langer, dicker Zopf fiel ihm über die Schulter.

Tonglong fixierte seinen Halbbruder Seh und rief mit lauter Stimme: „Erinnerst du dich an mich?“

Seh antwortete nicht. Der aggressive Tigerjunge Fu reagierte hingegen sofort. „Tonglong!“, brüllte er.

Tonglong grinste. „Sehr gut, Kätzchen. Und jetzt will ich was von der Schlange hören. Du hast etwas, was ich gerne haben möchte. Wenn du es mir freiwillig gibst, verschwinden wir sofort wieder. Wenn nicht, dann –“

Tonglong schnippte mit dem Finger, und sämtliche Soldaten im Boot hoben ihre Waffen in die Luft.

Die Menschen am Ufer schrien entsetzt auf. Hunderte von Zuschauern stoben voller Angst in alle Richtungen davon. Spannung lag in der Luft, und Tonglong atmete genussvoll ein.

Tonglong beobachtete, wie Seh sich vom Ufer abwandte, und folgte seinem Blick. Eine fünfköpfige Gruppe stürmte auf das Lager zu. Tonglong erkannte sie sofort. Es waren Räuber aus der Räuberfestung.

An der Spitze lief Mong, der riesige, kahlköpfige, bleiche Muskelberg, der AnGangsehs zweiter Ehemann und Sehs Vater war. Mong hieß Python auf Kantonesisch. Er war der Anführer der Räuberbande.

Hinter Mong folgte der gewaltige haarige Räuber namens Hung oder Bär mit einem Paar goldener Keulen. Außerdem noch der stämmige und schmutzige Experte in der Kunst des „Eiserne-Hand-Kung-Fus“ namens NgGung oder Tausendfüßler, danach der verrückte Räuber mit der großen Nase und den Schlappohren namens Gao oder Hund und schließlich ein kräftiger Kerl mit einem fusseligen Bart und langen Haaren, den man den Säufer nannte, der aber eigentlich Sanfu oder Bergtiger hieß.

Mit dieser Truppe war zweifellos nicht zu spaßen, doch Tonglong hatte einhundert bewaffnete Männer am Ufer stehen und zwanzig geladene Schusswaffen in seinem Boot. Die anderen hatten keine Chance gegen ihn.

„Gib die Schriftrolle bloß nicht her!“, rief Mong Seh über die lauten Schreie der aufgeregten Menge hinweg zu.

Seh wandte sich wieder zum Ufer um und sah Tonglong an. „Das hatte ich auch nicht vor“, rief er.

Du hattest deine Chance, kleiner Bruder, dachte Tonglong. Leb wohl. Er steckte seinen Zopf in seiner Schärpe fest und hob den rechten Arm, dann ließ er ihn wieder sinken.

„Feuer!“

鶴

Kapitel 12

Schüsse hallten durch die Luft, während Hok mit GongJee an der Hand vom Ufer weglief. Ihre Mutter, Charles, Fu und Seh rannten neben ihnen. Nur Malao fehlte.

Sie flohen zu den engen Gassen Kaifengs, um sich vor den Schüssen der Soldaten zu schützen. Verwundert beobachtete Hok, wie die fünf Männer mit den ungewöhnlichen, aber vertraut klingenden Tiernamen einen Kreis um sie bildeten. Die Männer riskierten ihr Leben, um sie vor Tonglongs Soldaten zu schützen. Bär wurde in den Arm geschossen, und eine weitere Kugel streifte die Wange des Bergtigers. Und obwohl beide Männer stark bluteten, blieben sie bei ihnen und verteidigten sie. Die Männer waren Krieger und hatten ihr sehr wahrscheinlich das Leben gerettet. Und außerdem auch das von GongJee, Charles und ihren Brüdern.

Die Glocken des mächtigen Stadtturms läuteten Sturm, und überall flohen die Menschen in ihre Häuser und Läden. Hok war froh über das Durcheinander, denn so konnten sie schneller vor den Soldaten, die ihnen auf den Fersen waren, davonlaufen.

Hok hatte ihren Arm aus der Schlinge gezogen und ihren Turban abgesetzt, damit sie schneller laufen konnte, und Charles hatte sein Kostüm abgestreift. Er war immer noch wütend, weil er ausgerechnet jetzt seine Waffen nicht bei sich trug. Sie lagen in einem der Zelte im Lager.

Doch Hok wusste, dass sie froh sein konnten, überhaupt noch am Leben zu sein. Sie hoffte nur, dass Malao auch noch lebte.

Fu schien sich ebenfalls Sorgen um ihn zu machen.

„Wir müssen unbedingt Malao helfen!“, rief er aufgeregt. „Hast du nicht gesehen, was mit ihm passiert ist? Wir müssen zurück!“

„Wir haben auch gesehen, was mit deinem kleinen Bruder geschehen ist“, wandte sich Bing an Fu. „AnGangseh, Tonglong und HaMo haben ihn gefangen. Wir werden uns etwas überlegen, sobald wir in Sicherheit sind. Wir sind gleich da.“

Kurz darauf verlangsamte die Gruppe das Tempo, und Mong blieb vor einem kleinen Laden stehen. An dem Gebäude hing kein Schild. Das Einzige, was es von den anderen Häusern in der Straße unterschied, war ein kleiner grüner Metallphönix an der Tür.

Mong klopfte drei Mal. Einen Augenblick später klappte der Phönix nach oben und gab eine winzige Öffnung frei, durch die ein Auge lugte.

„Kommt schnell rein!“, meldete sich die besorgte Stimme einer Frau hinter der Tür.

Hok hörte, wie mehrere Schlösser geöffnet und Riegel zurückgeschoben wurden, und die Tür öffnete sich. Die Gruppe drängte wortlos ins Innere des Hauses, und die Frau schloss eilig die Tür hinter ihnen zu. Hok sah sich neugierig um.

Sie befanden sich in einem schummrigen, staubigen Speiseraum. In dem schäbigen Zimmer standen zehn kleine Tische mit bunt durcheinandergewürfelten, abgenutzten Stühlen. Es war ein ziemliches Durcheinander.

„Ich bin ja so froh, dass ihr alle wieder hier seid und eure Freunde mitgebracht habt“, sagte die Frau erleichtert. „Ich habe die Turmglocke läuten hören und ... Oh, Entschuldigung. Wie unhöflich von mir. Ich habe mich noch gar nicht vorgestellt. Ich heiße Yuen. Willkommen im Jade Phönix.“ Sie verneigte sich vor Hok.

Hok verneigte sich ebenfalls.

„Tut mir leid, aber wir haben jetzt keine Zeit für Förmlichkeiten“, erklärte Mong. „Können wir uns hier verstecken? Es kann gut sein, dass uns die Soldaten gefolgt sind. Hung und Sanfu haben nämlich leider eine kleine Blutspur hinterlassen.“

Yuen warf einen raschen Blick auf Sanfu, der seine Hand an die Wange presste, und auf Hung, der seinen rechten Arm umklammerte. „Oje“, sagte sie. „Am besten geht ihr alle nach oben. In dem Raum über der Küche seid ihr am sichersten. Es wird zwar ein bisschen eng werden, aber ihr könnt ja heute Abend wieder herunterkommen, sobald es dunkel ist. Ich kümmere mich solange um die Blutspur.“

„Danke“, sagte Mong. Er trat zu einem zerschlissenen Vorhang im hinteren Teil des Raumes, und die anderen folgten ihm.

Als sie die kleine Küche betraten, sah sich Hok aufmerksam um. Yuen deutete auf eine Ecke, wo eine

Strickleiter von einer Luke in der Holzdecke herunterhing. „Nichts wie rauf mit euch", befahl Yuen.

Hok beobachtete, wie Bing als Erste gemeinsam mit GongJee die Leiter emporkletterte. Charles folgte ihnen. Dann hangelten sich Fu und Seh nach oben. Während Hok zusah, wie einer nach dem anderen in der Luke verschwand, musste sie daran denken, dass Malao jetzt irgendwo gefesselt lag.

Mong stand neben Hok. Sie tippte ihn gegen den Arm.

„Entschuldigung", sagte sie. „Sollten wir nicht so schnell wie möglich etwas wegen Malao unternehmen? Je schneller wir etwas tun, desto größer ist unsere Chance, ihm zu helfen, oder nicht?"

„Schon möglich", sagte Mong. „Doch zuerst müssen wir dafür sorgen, dass die Gruppe in Sicherheit ist. Dann werden wir uns überlegen, wie wir Malao so schnell wie möglich helfen können. In der Zwischenzeit solltest du dir nicht allzu viele Gedanken machen. Ich habe auch gesehen, was passiert ist. Ich nehme an, die Entführer werden ihn gegen etwas eintauschen wollen, das Seh hat. Die Frau, die Malao bewusstlos geschlagen hat, heißt AnGangseh. Sie hätte ihn problemlos töten können, wenn sie gewollt hätte. Glaub mir, sie werden bestimmt versuchen, Kontakt mit uns aufzunehmen."

„Aber wie sollen sie das tun, wenn wir uns vor ihnen verstecken?", fragte Hok. „Vielleicht sollten einige von uns versuchen, ihn zu befreien. Ich melde mich freiwillig."

Mong verschränkte seine kräftigen Arme vor der Brust. „Tonglong wird schon was einfallen, wie er uns eine Botschaft zukommen lassen kann. Im Moment wissen wir ja noch gar nicht, wohin sie Malao gebracht haben, da können wir ihn schlecht befreien. Leider hat Tonglong keine Beziehung zu jemandem, den wir kennen."

NgGung räusperte sich. „Ähm, Chef? Was ist mit Ying?"

„Was soll mit ihm sein?", fragte Mong. „Er sitzt im Gefängnis."

„So ist es", sagte NgGung. „Das Gefängnis liegt nur einige Straßen weiter östlich von hier. Wir könnten ihm dort einen Besuch abstatten. Vielleicht hat er ja eine Idee, wohin Tonglong Malao gebracht haben könnte. Natürlich müssten wir Ying etwas für diese Information anbieten."

„So wie ich Ying kenne", sagte Mong, „wird er uns nur helfen, wenn er dafür aus dem Gefängnis kommt oder wir ihm Tonglongs Kopf bringen. Wenn du ihm das nicht anbietest, bezweifle ich stark, dass er uns helfen wird."

„Sollen wir es nicht wenigstens versuchen?", fragte Hok hoffnungsvoll. Sie sah NgGung an. „Meinst du, ich könnte es schaffen, mich ins Gefängnis einzuschleichen?"

NgGung strich sich über seinen langen, dünnen Bart. „Tja, das Gefängnis wird von der Leibwache des Kaisers streng bewacht. Wenn du wirklich versuchen willst, unbemerkt hineinzugelangen, dann am besten heute Nacht. Der Kaiser wird am Abend zum Drachenbootfest erwartet. Da wird er nach dem heutigen Vorfall am Fluss bestimmt die meisten seiner Leibwachen mitnehmen. Außerdem wird es ein Feuerwerk geben – die ideale Ablenkung. Ich habe noch nie einen Wachmann gesehen, der seinen Posten nicht verlassen hätte, um ein Feuerwerk zu bestaunen."

„Niemand wird sich irgendwo einschleichen", erklärte Mong entschieden. „Das Risiko ist zu groß. Schließlich wissen wir nicht einmal, ob Ying uns etwas sagen kann oder wird. Wir warten, bis Tonglong uns eine Nachricht zukommen lässt. Und damit hat sich's. So, und jetzt ab nach oben. Höchste Zeit, dass wir verschwinden."

NgGung sah Hok an und zuckte die Schultern. „Wenigstens habe ich es versucht."

Hok lächelte ihn dankbar an und nickte.

Die Männer kletterten die Strickleiter empor, und Hok trat unruhig von einem Bein aufs andere. Ihr fiel es immer noch schwer, sich zu verstecken, während Malao in Gefahr war.

Yuen sah sie forschend an. „Ist alles in Ordnung mit dir? Du machst so einen angespannten Eindruck?"

„Ja, schon", sagte Hok. „Ich möchte nur nicht so gerne da hochklettern."

„Das kann ich gut verstehen", antwortete Yuen. „Ich mag auch keine engen Räume. Wenn es dir nichts ausmacht, dich irgendwo allein zu verbergen, kann ich dir ein anderes Versteck zeigen."

Hok dachte kurz nach. „Ja, das wäre nett. Vielen Dank."

Mong war gerade auf dem Weg nach oben und drehte sich zu Hok um. „Ich sag deiner Mutter Bescheid, dass du dich woanders versteckst. Wir sehen dich in ein paar Stunden."

„Danke“, antwortete Hok.

„Komm mit“, sagte Yuen. Sie schlüpfte zurück in den Speiseraum, und Hok folgte ihr. Sie hatten den Raum gerade zur Hälfte durchquert, als es plötzlich an der Tür klopfte.

„Im Namen des Kaisers – aufmachen!“

Hok riss erschrocken die Augen auf, und Yuens Miene verfinsterte sich. „Soldaten!“, flüsterte sie. „Schnell nach oben! Du hast keine Zeit mehr, dich woanders zu verstecken. Ich wimmle sie solange ab.“

Hok rannte in die Küche zurück und erstarrte. Die Strickleiter verschwand soeben in der Luke. Sie wollte gerade leise etwas rufen, als ihr Blick auf ein kleines geöffnetes Fenster fiel.

Hok sah noch einmal zur Luke empor und dachte an Malao. Wenn sie versuchen wollte, ihm zu helfen, dann war das vielleicht ihre einzige Chance.

Sie rannte zum Fenster und sprang mit einem Satz auf das Fensterbrett. Unter ihr war eine Straße. Sie war leer. Sie konnte problemlos hinunterspringen. Hok warf noch einmal einen Blick über die Schulter und sah gerade noch, wie sich die Luke in der Decke schloss. Auf der anderen Seite des Vorhangs öffnete Yuen die Tür.

Hok holte tief Luft und segelte aus dem Fenster.

鶴

Kapitel 13

Eine Viertelstunde, nachdem Hok das Jade Phönix verlassen hatte, kauerte sie in den Dachbalken des Gefängnisgebäudes und wartete darauf, dass es dunkel wurde. Sie war überrascht gewesen, wie einfach das Gebäude zu finden war. Es lag, genau wie NgGung gesagt hatte, nur wenige Straßen vom Jade Phönix entfernt.

Hok hatte Glück, denn auf dieser Seite des Gefängnisses kam kaum jemand vorbei. Und die wenigen Menschen, die hier entlanggingen, sahen nicht zum Dach hoch. Als einige Stunden später die Sonne hinter dem Horizont versank, änderte sich dies allerdings schlagartig.

In der Nähe des Flusses begann das Feuerwerk, und alle blickten nach oben. Hok hörte, wie die Menschen verzückt „Ah!“ und „Oh!“ riefen, und die wenigen Einwohner, die sich noch nicht am Flussufer befanden, liefen aus ihren Häusern und Geschäften, um sich das Himmelsspektakel anzusehen. Plötzlich sah Hok, wie sich zwei Männer, die wie Wachen aussahen, vom Gefängnis entfernten. Sie schienen vom Eingang in der Hauptstraße zu kommen.

Das war die Chance, auf die sie gewartet hatte! Hok

glitt von ihrem Versteck herunter und rollte sich lautlos auf dem Boden ab. Sie sprang auf und lief rasch an der seitlichen Mauer des Gebäudes entlang. Dann spähte sie vorsichtig um die Ecke. Auf der Hauptstraße war kein Mensch zu sehen. Sie wartete eine Weile, doch der Eingang blieb unbewacht.

In diesem Fall war der direkte Weg wohl der beste. Hok rannte zum Eingangstor des Gefängnisses. Es war unverschlossen. Mit klopfendem Herzen schlüpfte sie hinein. Dann presste sie den Körper gegen die kalten Mauern des laternenbeschienenen Eingangs und schlich weiter. Hok hatte das Gefühl, ganz allein zu sein. Sie fragte sich, ob Ying überhaupt da war.

Als Hok im ersten Raum um die Ecke bog, hätte sie beinahe laut aufgeschrien. Sie stand vor einer riesigen, von einer Steinmauer umgebenen Zelle, deren Vorderseite mit Eisenstäben vergittert war. Und in der Zelle war Ying. Beinahe hätte sie ihren sechzehnjährigen ehemaligen Bruder nicht wiedererkannt.

Ying lag zusammengerollt in der hinteren Ecke der Zelle. Sein zerfurchtes Gesicht war stark geschwollen und blutverkrustet. Seine Augen waren so zugeschwollen, dass man nur noch Schlitze sah. Yings gespaltene Zunge hing zwischen seinen spitzen Zähnen aus dem Mund wie bei einem Hund, und er keuchte wie ein krankes Tier. Er sah aus, als hätte er mindestens ein Drittel seines Körpergewichts verloren, vielleicht sogar mehr. In ihrem ganzen Leben hatte Hok noch nie einen Menschen in so einem jämmerlichen Zustand gesehen. Man hatte ihren Bruder fast zu Tode geprügelt.

Hok hörte an Yings Atem, dass eine seiner Lungen beschädigt sein musste, wahrscheinlich durch eine gebrochene Rippe. Er musste bei jedem Atemzug Höllenqualen leiden. Wenn ihm nicht bald jemand half, würde er einen langsamen und qualvollen Tod sterben.

Ying war zwar ein schrecklicher Mensch, aber Hok konnte es unmöglich mitansehen, dass irgendjemand so leiden musste.

Ihr ehemaliger Bruder schien ihre Anwesenheit zu spüren und hob langsam den Kopf. Trotz seiner geschwollenen Augen konnte er sie sehen. Vielleicht spürte er auch nur ihr Chi. Seine trockenen Lippen wurden schmal, und er stieß keuchend hervor: „Hau ... ab!"

Hok schüttelte den Kopf. Sie trat langsam näher. „Ich brauche deine Hilfe."

Ying gab ein merkwürdiges pfeifendes Geräusch von sich. Hok begriff, dass er lachte. „Schau mich ... doch an. Was soll ich denn ... für dich tun können?"

Hok musterte Yings zerschundenen Körper. Ohne ärztliche Hilfe würde er nicht mehr lange leben. Sie hatte eine Idee.

„Tonglong hat Malao entführt", begann Hok. „Ich hatte gehofft, dass du vielleicht eine Ahnung haben könntest, wo er ihn hingebracht hat. Wenn du mir hilfst, bereite ich dir eine Mischung aus Heilkräutern zu und schmuggle sie zu dir ins Gefängnis."

Ying schüttelte langsam den Kopf. „Nein ...", antwortete er keuchend. „Ich will ... hier raus ... Wenn du mich hier rausholst ... dann helfe ich dir. Ich gebe dir ... mein Wort."

Hok blinzelte. Sie sollte Ying aus dem Gefängnis befreien? Das Letzte, was sie sich wünschte, war, dass Ying wieder auf freiem Fuß war. Allerdings würde er wohl kaum weit kommen. Wahrscheinlich würden sie ihn schon bald wieder schnappen. Und wenn nicht, würde ihn vermutlich die Anstrengung bei der Flucht das Leben kosten. Wenn er allerdings im Gefängnis blieb, würde er ganz bestimmt sterben. Sosehr Hok Ying auch verabscheute, sie konnte ihn unmöglich einfach seinem Tod überlassen.

Hok sah Ying an. „Einverstanden. Und wie soll ich dich hier rausholen?"

Ying deutete mit dem Kopf auf etwas hinter ihr.

Hok drehte sich um und erstarrte. Zwischen ihr und dem Haupteingang des Gefängnisses stand plötzlich ein Mann. In seiner Hand hielt er einen einzelnen Schlüssel. „Ich hätte da eine Idee", schnurrte er. „Wie wär's damit?"

Es war General Tsung. Sie hätte sich gleich denken können, dass sie Ying nicht unbewacht in seiner Zelle ließen.

Hok machte sich auf alles gefasst. Sie trat mehrere Schritte nach vorn, um sich etwas Raum zwischen den Gitterstäben von Yings Zelle und ihrem Rücken zu verschaffen. Das Letzte, was sie wollte, war vor Tsung mit dem Rücken zur Wand zu stehen.

„Ah, wie ich sehe, bist du bereit für ein Tänzchen und kommst mir entgegen", sagte Tsung. „Was für eine forsche Dame du doch bist. Bist du dir auch ganz sicher, dass du es mit mir aufnehmen willst? Du brauchst zwei starke Arme, wenn du mit mir das Tanzbein schwingen willst." Er grinste sie herausfordernd an.

Hok antwortete nicht. Sie duckte sich und ging in eine breitbeinige Verteidigungsstellung. Sie hatte ihren guten Arm ausgestreckt und presste den verletzten eng an sich. Sie wollte, dass er zu ihr kam.

Tsung verneigte sich tief. „Na, dann wollen wir mal." Er ließ den Schlüssel fallen und sprang Hok an den Hals.

Hok war bereit. Sobald sie sah, dass Tsung vom Boden absprang, ließ sie sich flach auf den Rücken fallen und stieß ein Bein in die Luft. Ihr Fuß versank tief in Tsungs Magengrube, während er über sie hinwegsegelte.

Tsung stöhnte laut auf, als sein Unterleib um Hoks Ferse klappte. Hok nutzte Tsungs Schwung und schleuderte ihr Bein mitsamt Tsung nach unten. Der General prallte mit voller Wucht auf den Steinboden.

Tsung fluchte, und Hok versuchte, rasch ihr Bein wegzuziehen, doch Tsung war schneller. Er packte ihren Fuß und klemmte ihn unter seine Achsel. Dann umfasste er ihre Ferse mit beiden Händen und drückte sie nach hinten.

Ein durchdringender Schmerz schoss durch Hoks Knöchel. Tsung begann, ihren Fuß seitlich zu verbiegen, und der Schmerz wurde noch schlimmer.

Hok wusste nicht, was sie tun sollte, und rollte ihren Körper in die Richtung, in die Tsung ihren Fuß drehte. Sie spürte, wie der Druck nachließ, aber nur für einen kurzen Moment.

Tsung richtete sich auf, dann bog er den Fuß noch einmal in die Richtung, nur noch stärker. Wieder drehte sich Hok mit ihm.

Auch diesmal ließ der Druck in ihrer Ferse nach, doch Hok spürte, wie Tsung zu einem dritten Versuch ausholte. In diesem Moment stieß Ying laut keuchend hervor: „Dreh dich zweimal um, Hok!"

Tsung holte zu einer mächtigen Drehung aus und bog seinen Körper um 180 Grad. Weil sie sich nicht besser zu helfen wusste, folgte Hok Yings Rat. Sie drehte ihren Körper um 360 Grad in die gleiche Richtung wie Tsung.

Es funktionierte. Tsung konnte ihren drehenden Fuß nicht mehr so fest halten, und der Druck in ihrer Ferse ließ nach.

Ying zischte ihr zu: „Kranich wirbelt Beine durch die Luft!"

Hok beschrieb mit ihrem freien Bein einen mächtigen Bogen und stieß ihre Ferse gegen Tsungs Schläfe.

Tsungs Griff löste sich, und er sank bewusstlos zu Boden. Hok riss ihren Fuß frei. Sie fragte sich, wo Ying gelernt hatte, sich aus so einem Angriff zu befreien. Im Cangzhen-Kloster bestimmt nicht.

Hok stand auf und sah Ying an.

Ying war es inzwischen gelungen, sich aufrecht hinzusetzen. Er hatte seine Arme um seinen Körper geschlungen und zitterte. Erst jetzt begriff Hok, dass er lachte. „Befreit durch ... einen Drehtritt ... von einem Mädchen ... namens Friede!", stieß Ying keuchend hervor. „Ha-ha-ha!"

Hok starrte ihn an. „Woher kennst du meinen richtigen Namen?"

„Ich war ... sieben Jahre alt ... als du zu uns ins Kloster gekommen bist", keuchte Ying. „Ich habe ... den Großmeister heimlich belauscht." Er zuckte unmerklich mit den Schultern und schien ein Lächeln zu versuchen.

Hok runzelte die Stirn.

„Ich hatte früher ... auch einen ... anderen Namen", fuhr Ying fort. „Sau Long ... Rachsüchtiger Drache! ... Wie ich sehe ... machst du deinem Namen ... nicht unbedingt alle Ehre. Mal sehen ... ob ich wenigstens ... meinen zu Recht trage." Er deutete mit dem Kopf in die Mitte des Raumes.

Hok drehte sich um und sah den Schlüssel auf dem Boden. Sie hörte, wie Ying mühsam versuchte aufzustehen.

Hok biss sich auf die Unterlippe, dann hob sie den Schlüssel auf. Sie ging rasch zur Zellentür und öffnete sie. Sie rief sich noch einmal ins Gedächtnis, dass sie das alles für Malao tat.

Ying stolperte vorwärts und stützte sich auf Hoks Schulter. „Wir reden ... unterwegs weiter."

Hok legte einen Arm um Yings knochige Schultern. Er fühlte sich an wie ein Skelett.

„Wir gehen ... zur Hintertür raus", keuchte Ying. Er deutete mit dem Kopf auf Tsungs reglosen Körper. „Bring mich ... zuerst zu ihm."

„Nein –", begann Hok.

„Mach schon!", zischte Ying. „Schau auf ... seine Schärpe."

Hok blickte zu Tsung und sah, dass er überhaupt keine Schärpe trug. Stattdessen hatte er eine Kettenpeitsche um die Hüfte gebunden.

„Ich hol sie", sagte Hok. Sie lehnte Ying vorsichtig gegen die Wand und ließ ihn los.

Ying spuckte auf den Boden. „Ich schlage vor ... du tötest ihn ... Er wird sich ... sonst rächen."

„Nein", erwiderte Hok. „Ich lasse dich nicht in seinen Händen sterben, und er wird auch nicht sterben." Sie löste die Kettenpeitsche und hängte sie Ying um den Hals. „Lass uns von hier verschwinden, damit –"

Ying legte den Kopf schief. „Psst", zischte er.

Hok lauschte angespannt. Sie hörte Stimmen. Sie kamen aus der Richtung des Gefängniseingangs.

„Was für ein tolles Fest!", sagte ein Mann. „Der Kaiser weiß wirklich, wie man sich gut amüsiert."

„Allerdings", antwortete ein anderer Mann. „Zu dumm, dass wir nicht länger bleiben konnten –"

Ying deutete mit dem Kopf in die andere Ecke des Raumes, und Hok entdeckte eine Tür. Während sie darauf zuhasteten, raunte Ying ihr zu: „Tonglong bringt Malao ... zu einem Geheimversteck am Ufer. Es ist ... eine alte Hütte ... etwa eine Stunde flussabwärts von Kaifeng. Sie steht am .... südlichen Ufer ... in der Nähe einer Weide ... mit einem zweigeteilten Stamm."

Als sie an der Tür angelangt waren, drückte Hok die Klinke herunter. Die Tür war verschlossen. Doch der Schlüssel steckte. Sie drehte ihn im Schloss um und öffnete die Tür. Die Angeln quietschten.

„Was war das?", rief einer der Männer.

Hok hörte Schritte, und sie schob Ying durch die Tür.

„Das gibt's doch nicht!", rief einer der Männer. „Major Ying flieht!"

„Und das neben ihm ist doch das Mädchen auf dem Steckbrief!", rief der andere Mann.

Hok schlug die Tür hinter sich zu und drehte hastig den Schlüssel von außen um. Sie lehnte Ying gegen die Mauer und hastete zur Vorderseite des Gebäudes.

Sie spähte auf die Hauptstraße und überlegte fieberhaft, in welche Richtung sie laufen sollten. Sie wusste es nicht. Vielleicht hatte Ying eine Idee. Als sie sich nach ihm umdrehte, war er verschwunden – so wie die Drachen in den alten Geschichten.

Die beiden Gefängniswachen kamen laut brüllend aus dem Vordereingang gelaufen: „Läutet die Alarmglocken, jemand ist ausgebrochen!“

Hok machte auf dem Absatz kehrt und rannte davon.

Kapitel 14

„Du hast ihn doch nicht etwa getötet, oder?“, fragte HaMo.

„Nein“, antwortete AnGangseh. „Er schläft nur.“

„Bist du sicher?“, erkundigte sich HaMo. „Er hat sich schon seit Stunden nicht mehr gerührt.“

„Ganz sicher“, erwiderte AnGangseh. Sie trat neben Malaos reglosen Körper und reichte HaMo ein kleines Fläschchen. „Das hier hat den Jungen in diesen Tiefschlaf versetzt. Es nennt sich Schlafmohn und ist sehr stark. Ich stelle es selbst her. Bring die Flasche nie zu nahe an dein Gesicht.“

HaMo wich erschrocken zurück und hielt die Flasche weit von sich gestreckt. „Und was soll ich jetzt damit machen?“

„Wenn der Affenjunge Anzeichen zeigt, wieder aufzuwachen, dann streust du ihm eine Prise von dem Pulver direkt unter die Nase. Mit einer einzigen Prise würde er bis heute Nachmittag schlafen.“

„Aber die Sonne ist noch nicht mal aufgegangen“, sagte HaMo verblüfft.

„Wie gesagt, es ist sssehr ssstark. Die Flasche wird lange reichen. Sorg dafür, dass der Junge schön weiterträumt, dann wird er dir keine Schwierigkeiten machen. Allerdings musst du ihn jeden Tag ab und an etwas zu sich kommen lassen, damit du ihm etwas zu essen und trinken geben kannst."

HaMo nickte und hielt die Flasche fest. „Danke."

Die Tür ging auf, und Tonglong betrat die einfache Hütte. Er stellte eine Öllampe auf einen kleinen staubigen Tisch.

„Sieht so aus, als wären wir allein", sagte Tonglong. „Man kann allerdings nicht so gut sehen. Die Wolken verdecken den Mond."

„Ich ssspüre Regen", sagte AnGangseh.

„Ein bisschen Regen wäre nicht schlecht für unseren Plan", sagte HaMo.

„Ganz meine Meinung", bestätigte Tonglong.

HaMo kratzte sich am Kinn. „Wonach suchen wir noch mal? Nach einer Schriftrolle?"

„Ja", antwortete Tonglong. „Eine Drachen-Schriftrolle aus dem Cangzhen-Kloster."

„Aber keiner von euch kämpft Drachen-Kung-Fu", wunderte sich HaMo. „Was wollt ihr dann damit?"

Tonglong sah AnGangseh fragend an. AnGangseh nickte.

„Es ist eine Karte", sagte Tonglong.

HaMo brach in schallendes Gelächter aus. „Eine Drachen-Schriftrolle aus dem Cangzhen-Kloster, die eigentlich eine Karte ist! Und ihr glaubt dieses Ammenmärchen?"

Tonglong starrte HaMo finster an, und HaMo hörte auf zu lachen.

„Das ist nicht euer Ernst“, sagte HaMo.

„Doch. Es ist uns sogar todernst“, erklärte AnGangseh.

„Wir haben allen Grund zur Annahme, dass die Geschichte stimmt“, fügte Tonglong hinzu.

„Angeblich soll es eine geheime Schatzkammer geben“, sagte HaMo. „Also wenn ihr mich fragt, ist diese Geschichte ziemlich an den Haaren herbeigezogen. Als ich noch im Cangzhen-Kloster gelebt habe, gab es diese Schriftrolle jedenfalls nicht. Ich war damals für die Bibliothek zuständig. Wenn es diese mysteriöse Karte tatsächlich gibt, dann muss sie mit dem letzten Großmeister nach Cangzhen gekommen sein, und wir wissen alle, wie gewieft er war. Ihr verschwendet eure Zeit. Und noch schlimmer – meine Zeit. Ihr habt mir unglaubliche Schätze versprochen. Aber ich glaube nicht daran. Am besten bezahlt ihr mich für das, was ich bis jetzt für euch getan habe, und dann verziehe ich mich.“

Tonglong richtete sich auf. „Wir bezahlen dich, sobald wir den Schatz gefunden haben. Das war unsere Abmachung.“

„Tja, aber dabei habt ihr mir eine wichtige Information vorenthalten“, erwiderte HaMo. „Ich mach nicht mehr mit. Habt ihr irgendetwas von Wert, das ihr mir geben könnt?“

AnGangseh sah Tonglong an. „Wenn er nicht mehr mitmachen will, dann lass ihn gehen.“ Sie deutete auf Malao, der auf dem schmutzigen Boden lag. „Du kannst den Jungen haben und die Flasche mit Schlafmohn, damit du mit ihm fertig wirst. Bring ihn nach Jinan, und verkaufe ihn an LaoShu.“

HaMo kratzte sich am Kinn. „Ich soll ihn an Ratte verkaufen? Das klingt nicht übel, aber eigentlich hatte ich etwas mehr Belohnung erwartet. Ohne mich wärt ihr nie in die Räuberfestung hineingekommen."

„Na schön, dann habe ich vielleicht auch noch etwas für dich", meinte Tonglong. „Was glaubst du, wie viel LaoShu für ein zwölfjähriges Mädchen aus dem Cangzhen-Kloster bezahlen würde? Und zwar ein Mädchen, das kämpfen kann."

HaMos Augen funkelten. „Na, das hört sich doch schon viel besser an! Du meinst doch nicht etwa das weiß gekleidete Mädchen aus dem Akrobatenlager? Ich habe gesehen, dass die Räuber sie geschützt haben."

„Genau die", bestätigte Tonglong. Er zog den Seidenfaden aus seinem Gewand hervor und drehte den winzigen Jadekranich in seinen Händen.

Auf HaMos fleischigem Gesicht breitete sich ein Grinsen aus. „Mein Freund, dann sind wir uns handelseinig."

Kapitel 15

Hok floh vor ihren Verfolgern durch die finstere Stadt und schüttelte sie ab. Weder den Gefängniswachen noch Tonglongs Soldaten gelang es, ihr durch das Gewirr von Kaifengs schmalen Gassen zu folgen. Trotzdem wagte es Hok nicht, stehen zu bleiben, und lief immer weiter. Am liebsten wäre sie zum Jade Phönix zurückgekehrt, doch sie wollte die anderen auf keinen Fall in Gefahr bringen. Ganz abgesehen davon wusste sie nicht einmal, ob sie das Haus in der Dunkelheit überhaupt wiedergefunden hätte.

Kurz vor Sonnenaufgang begann es zu regnen. Binnen weniger Minuten war Hok bis auf die Haut nass. Frierend beschloss sie, sich einen Unterschlupf zu suchen. Sie befand sich ganz in der Nähe des Flusses und musste plötzlich an das Zeltlager der Akrobaten denken. Nach dem Vorfall waren die Artisten bestimmt längst aus der Stadt geflohen, und möglicherweise bewachten nun die Soldaten das Lager. Vielleicht aber auch nicht. Nachsehen konnte sie ja mal. Selbst wenn sie dort nicht bleiben konnte, würde sie vielleicht zumindest etwas Essbares oder Trockenes zum Anziehen auftreiben.

Hok schlich vorsichtig flussabwärts am Ufer entlang,

bis sie das Lager von Weitem sehen konnte. Es sah ziemlich verlassen aus, aber ganz sicher konnte sie in der Dunkelheit nicht sein. Leise schlich sie näher.

Vor ihr stand das Zelt, in dem sich Charles und die Akrobaten für den Löwentanz umgezogen hatten. Hok fiel plötzlich wieder ein, wie sehr sich Charles darüber geärgert hatte, dass er seine Schusswaffen bei dem Angriff nicht bei sich getragen hatte. Vielleicht lagen sie ja noch immer im Zelt.

Hok lief geduckt zur Rückseite des Zeltes. Die Zeltöffnung befand sich auf der gegenüberliegenden Seite.

Lautlos schlich sie an der Zeltwand entlang Richtung Vorderseite, als sie plötzlich spürte, dass jemand in ihrer Nähe war. Sie ging langsam wieder rückwärts, doch es war schon zu spät.

Ein Junge mit dichtem schwarzen Haar lugte von der Vorderseite des Zeltes um die Ecke. Er blickte sie durch den Regen in der Dunkelheit an.

„Seh!", flüsterte Hok überrascht.

Ihr Bruder nickte und glitt über den schlammigen Boden zu ihr. Er stand auf und deutete wortlos flussaufwärts. Er wollte weg.

„Warte einen Moment", flüsterte Hok. „Ist da jemand drin?"

Seh schüttelte den Kopf.

„Bin gleich wieder da", wisperte Hok. Sie kniete sich auf den Boden und schlüpfte ins Zeltinnere. Es dauerte eine Weile, bis sich ihre Augen an die Dunkelheit gewöhnt hatten. Sie sah sich aufmerksam um, und ihr Blick fiel auf etwas, das aussah wie ein Haufen schmutziger

Kleider. Charles war nicht der Typ, der seine Waffen einfach so herumliegen ließ, und ein Wäscheberg war das ideale Versteck, fand Hok.

Rasch schob sie die Kleider beiseite, und da waren sie tatsächlich: Charles' Pistolen. Die Metallrohre waren zerkratzt und abgeblättert und die Holzgriffe schon ganz abgenutzt. Hok wickelte die Waffen in eines der herumliegenden Kleidungsstücke und schlüpfte wieder nach draußen.

Ohne ein Wort zu sagen, lief Seh los. Hok folgte ihm.

Seh lief flussaufwärts am Ufer entlang. Als sie endlich vor der schiefen Tür eines Bootshauses stehen blieben, war es bereits Morgen, und ein grauer wolkenverhangener Tag brach an. Seh klopfte einmal, dann hielt er kurz inne und klopfte noch viermal. Die Tür öffnete sich, und Hok trat hinter Seh in die Hütte.

Mong stand direkt hinter der Tür. Er schloss sie hinter ihnen, und Hok sah sich neugierig um. Der Raum wurde von drei Öllampen, die an jeweils einer Wand hingen, spärlich beleuchtet. Dort, wo normalerweise die vierte Wand gewesen wäre, war der Fluss. Das Haus stand direkt am Ufer, und auf dem Fluss schaukelte ein kleines Boot. Es war leer bis auf einen langen Stab, mit dem man das Boot fortbewegte.

Auf einem schmalen trockenen Uferstreifen im Haus standen Bing, Fu und Charles. Außerdem war da noch ein Mädchen mit glatter dunkler Haut und einem ungewöhnlich flachen Gesicht. Hok fand, das Mädchen sah aus wie ein Aal.

Bing lächelte Hok zu, und Hok trat zu ihr.

„Ich bin sehr froh, dich zu sehen", sagte Bing.

„Und ich erst", antwortete Hok. Sie warf einen Blick in die Runde. „Euch alle natürlich. Aber wo ist GongJee?"

„Sie ist bei den anderen im Jade Phönix", antwortete Bing. „NgGung und Gao halten sie bei Laune."

Hok atmete erleichtert auf. „Dann haben euch die Soldaten also nicht entdeckt?"

„Die meisten von ihnen würden wahrscheinlich nicht einmal Honig in einem Bienenstock finden", antwortete Mong. „Die Soldaten haben sich kurz umgesehen, aber dann haben sie sich schnell wieder verzogen, als Yuen ihnen etwas zu essen angeboten hat. Wahrscheinlich haben sie gesehen, in welchem lausigen Zustand der Speiseraum ist, und dachten, dass dort kein vernünftiger Mensch etwas essen würde, nicht einmal Räuber. Wenn die wüssten, wie köstlich Yuens Hühnchen in Sojasoße ist!" Er lachte.

Hok lächelte ebenfalls. „Und was ist mit den beiden Verletzten? Ich glaube, sie hießen Hung und Sanfu. Geht es ihnen gut?"

„Ja, denen geht es bestens", antwortete Mong. „Die beiden haben schon ganz andere Verletzungen weggesteckt. Nett von dir, dass du dich nach ihnen erkundigst. Ich werde sie von dir grüßen, wenn du willst."

„Ja, danke", sagte Hok.

Mong nickte. „Und was hast du da Schönes mitgebracht? Ein bisschen Wäsche zum Waschen?"

„Oh, Entschuldigung", sagte Hok. Sie wandte sich zu Charles um und reichte ihm das Wäschebündel. „Hier, für dich."

Charles sah sie fragend an. Er öffnete das Bündel und riss erstaunt die Augen auf. „Meine Pistolen! Du bist zum Lager zurückgekehrt und hast sie für mich geholt? Vielen Dank!“

Hok lächelte. „Bitte schön.“

Bing sah Seh an. „Ich danke dir auch von ganzem Herzen, junger Mann.“

Seh zuckte die Schultern. „Wieso? Ich hab doch gar nichts getan.“

Bing blickte Seh unverwandt an. „Immerhin war es deine Idee, im Akrobatenlager auf meine Tochter zu warten. Du hast viel riskiert.“

Seh machte ein verlegenes Gesicht. Er verneigte sich vor Bing. „Gern geschehen“, sagte er. „Ich war sehr froh, als ich Hoks Chi vor dem Zelt gespürt habe. Ihr Chi ist übrigens ganz ähnlich wie das von Ihnen.“ Seh drehte sich zu Hok um und verbeugte sich. „Ich ... wir ... haben dich vermisst.“

Hok erwiderte die Verbeugung. Sie wollte Seh gerade danken, als sie spürte, wie sich Charles' Körper anspannte. Hok sah Charles an, und er wandte schnell den Blick ab. Seine sonst so blassen Wangen wurden plötzlich feuerrot.

Fu knurrte leise und starrte Charles an. Auch er schien Charles' Reaktion zu spüren. War Charles etwa ... eifersüchtig?

Mong schmunzelte. „Wie ich sehe, hast du jede Menge Brüder, die dich beschützen wollen, Hok. Der eine würde alles tun, um dich wiederzufinden, und der andere will deine Ehre verteidigen. Das ist gut.“

Hok errötete und senkte den Blick. Im selben Augenblick sah sie, wie sich etwas Merkwürdiges an Sehs Ärmel zu schaffen machte, und plötzlich der Kopf einer Schlange zum Vorschein kam. Sie deutete auf das Tier. „Was ist denn das?“

„Ach, das ist nur eine kleine Freundin von mir“, meinte Seh. „Willst du sie mal streicheln?“ Er streckte Hok seinen Arm hin, und Hok wich erschrocken zurück. Seh grinste.

„Das war gemein von dir“, rief Hok. „Du weißt genau, dass ich keine Schlangen mag.“

„Vielen Dank für das Kompliment“, sagte Seh, die Schlange, und grinste noch mehr.

„Ja, danke gleichfalls“, fügte Mong, die Python, augenzwinkernd hinzu.

Hok wurde noch röter.

„Genug gescherzt“, erklärte Mong energisch. „Jetzt mal ganz im Ernst. Wie ist es dir ergangen, Hok? Geht es dir gut?“

„Ja, alles in Ordnung“, antwortete Hok. „Ich bin zu Ying gegangen und habe ihn ... aus dem Gefängnis befreit.“

„Du hast was?“, brüllte Fu entsetzt.

„Leise“, zischte Mong und sah Fu scharf an. „Oder willst du, dass sie uns erwischen?“

Fu biss sich auf die Unterlippe und senkte den Kopf. „Entschuldigung“, murmelte er.

„Es tut mir auch leid“, sagte Hok kleinlaut. „Heute Nacht habe ich gedacht, es wäre das Richtige. Aber jetzt bin ich mir nicht mehr so sicher.“

„Was ist genau geschehen?", erkundigte sich Bing.

„Ich habe einen Handel mit Ying geschlossen", sagte Hok. „Ich habe seinen Bewacher – einen General namens Tsung – ohnmächtig geschlagen und Ying befreit. Dafür hat er mir gesagt, wo wir Malao vielleicht finden können."

„Du hast Tsung fertiggemacht?", fragte Mong mit hochgezogenen Augenbrauen. Er lächelte. „Dann musst du eine verdammt gute Kung-Fu-Kämpferin sein. Schade, dass ich das nicht gesehen habe. Allerdings musst du dich ab jetzt sehr in acht nehmen. Tsung wird sich an dir rächen wollen."

Hok nickte. „Ich weiß. Ying hat gesagt, ich soll ihn töten."

„Du hättest besser auf ihn gehört", sagte Mong. „Aber dafür ist es jetzt zu spät. Und was hat Ying über Malao gesagt?"

„Er hat mir von einer Hütte flussabwärts von Kaifeng erzählt. Er hat gesagt, sie sei etwa eine Stunde von der Stadt entfernt und dass Tonglong Malao dorthin gebracht haben könnte."

Mong nickte. „Ich weiß nicht viel über Tonglong, aber es würde mich nicht wundern, wenn er versuchen würde, Malao als Köder zu benutzen, um die Kartenschriftrolle von euch zu bekommen. Wahrscheinlich will er euch eine Falle stellen. Ihr müsst sehr vorsichtig sein."

Hok zog ihre schmalen Augenbrauen hoch. „Vorsichtig sein?"

„Dein Bruder Malao braucht dich", sagte Bing. „Du musst zu ihm."

Mong ging zu dem Tisch, an dem das dunkelhäutige Mädchen saß, und legte ihm seine riesige weiße Hand auf die Schulter. Sie sah zu ihm auf und lächelte ihn an.

„Diese junge Dame heißt Sum“, erklärte Mong. „Sie und ihr Zwillingsbruder Cheen haben bei uns im Räuberlager gelebt und sind mir und den anderen nach Kaifeng gefolgt, nachdem uns Ying und Tonglong angegriffen hatten. Die beiden fühlen sich sowohl im Wasser als auch an Land wohl. Weil keiner von ihnen spricht, wissen wir nicht, wie sie wirklich heißen. Wir haben sie Sum und Cheen genannt, das bedeutet tiefes und niedriges Wasser. Ich habe sie gestern beide im Wasser gesehen, als dein Bruder Malao gefangen wurde. Sobald die Soldaten aus dem Jade Phönix verschwunden waren, sind wir zum Bootshaus gegangen, weil ich wusste, dass Sum und Cheen hier wohnen. Sum hat schon auf uns gewartet und uns mit Zeichen zu verstehen gegeben, dass ihr Bruder Tonglongs Boot gefolgt ist. Sie will uns zu ihrem Bruder führen und uns helfen, Malao zu finden.

Mong deutete mit dem Kopf auf das kleine Boot.

„Sum will mit dem Boot fahren?“, fragte Seh und schluckte.

Hok wusste, dass Seh Boote hasste. Er mochte überhaupt nichts, was mit Wasser zu tun hatte. Er war kein besonders guter Schwimmer.

„Ja, das ist am vernünftigsten“, sagte Mong. „Mit dem Boot kommt ihr am schnellsten voran. Wenn ihr euch beeilt, könnt ihr sie vielleicht überraschen.“

Hok nickte und sah Charles fragend an. Dieses Mal wandte er den Blick nicht ab.

„Ich bleibe bei deiner Mutter und GongJee", sagte Charles. „Ich würde dir wirklich gerne helfen, aber ich habe deinem Vater versprochen, immer bei ihnen zu bleiben. Tut mir leid."

„Schon gut", sagte Hok. „Danke, dass du meiner Familie hilfst."

Charles wurde wieder rot.

„Ich bin dabei", brummte Fu leise.

„Ich auch", fügte Seh hinzu.

Sum nickte Hok zu, und Hok nickte zurück.

Hok sah Mong an. „Das heißt, Fu, Seh, Sum und ich."

„Ausgezeichnet", sagte Mong. „Am besten macht ihr euch sofort auf den Weg. Mit etwas Glück seid ihr schon morgen wieder mit Malao zurück. Einer von uns wartet hier auf euch."

Hok richtete sich auf. Ihr wurde plötzlich klar, dass sie ihre Mutter so schnell nicht wiedersehen würde, wenn irgendetwas schiefging. Bing schien ihre Gedanken zu lesen.

„Mach dir keine Sorgen", sagte Bing. „Wir sehen uns bald wieder."

„Ja", antwortete Hok. „Bald." Sie verneigte sich vor ihrer Mutter, und Bing erhob sich und machte eine lange und tiefe Verbeugung. Hok wusste, dass ihre Mutter ihrer Tochter kein größeres Zeichen des Respektes geben konnte.

„Dann nichts wie los mit euch", sagte Mong.

鶴

Kapitel 16

Die nächsten zwei Stunden verbrachten Hok, Seh und Fu unter einer modrigen Plane auf dem Boden des Ruderbootes. Ab und zu spähten sie vorsichtig über den Bootsrand durch den strömenden Regen. Sum stand im Heck des Bootes und schob es langsam flussabwärts.

Der Fluss war ungewöhnlich leer. Sie hatten schon seit geraumer Zeit kein anderes Boot mehr gesehen und schon seit über einer Stunde kein Haus mehr. Hok wollte gerade die Augen schließen, um sich etwas auszuruhen, als Fu plötzlich etwas mit seinen scharfen Katzenaugen entdeckte.

„Da!“, flüsterte er und deutete mit dem Finger unter der Plane hervor. „Ein Drachenboot.“

Hok spähte angestrengt in die Richtung, in die Fu zeigte. Nach einer Weile sah sie es auch. Unter einer riesigen Weide mit zwei zusammengewachsenen Stämmen lag tatsächlich ein Boot. Durch den Regen und das dichte Blattwerk war es kaum zu erkennen. Sie waren da.

Als ihr Boot langsam auf die Weide zuglitt, spannte Seh seine Muskeln an. „Was macht Sum denn da?“, flüsterte er. „Wir sollten nicht direkt hier an Land gehen. Vielleicht ist es eine Falle.“

Fu drehte seinen großen Kopf zuerst nach links und dann nach rechts. „Ich glaube nicht, dass es eine Falle ist. Die nächste Möglichkeit, sich zu verstecken, ist Hunderte von Schritten entfernt. Wo soll uns hier jemand auflauern?“

Hoks Blick glitt aufmerksam am Ufer entlang. „Ich glaube, Fu hat recht. Wahrscheinlich haben Tonglongs Männer das Boot nur unter den Baum gelegt, um es vor dem Regen zu schützen. Oder sie wollten es verstecken. Wenn Fu es nicht entdeckt hätte, wäre es mir niemals aufgefallen. Die Blätter der Weide reichen ja bis zur Wasseroberfläche.“

„Aber das ist kein gutes Versteck“, widersprach Seh. „Ich habe ein ungutes Gefühl. Und meine kleine Schlange ist auch nervös. Was ist mit dem Baum? Vielleicht versteckt sich ja dort jemand?“

„Nein“, sagte Fu, nachdem er den Baum eingehend von unten bis oben gemustert hatte. „Da ist keiner.“

„Wir sollten kein Risiko eingehen“, sagte Seh. „Lasst uns noch ein Stück den Fluss runterfahren, und dann schleichen wir zu Fuß zurück.“

„Also ich finde, wir sollten direkt hier an Land gehen und erst mal unter der Weide Schutz suchen“, meinte Fu. „Ich will endlich aus dieser modrigen Plane raus. Die stinkt ja schlimmer als Malaos Füße. Spürst du irgendjemanden?“

„Ich bin mir nicht sicher“, antwortete Seh. „Ich kann mich nicht so gut konzentrieren. Der Regen lenkt mich ab. Wir müssen ein bisschen näher ranfahren.“

Während das Boot langsam auf die Weide zuglitt,

drehte sich Hok zu Sum um. Sie hatte gedacht, Sum würde das Wasser vor dem Boot beobachten. Stattdessen spähte sie angestrengt am Heck ins Wasser. Sie folgte Sums Blick und entdeckte einen dünnen Halm, der auf sie zutrieb. Der Halm ragte senkrecht aus dem Wasser und bewegte sich entgegen der Strömung!

Seh und Fu schienen ihn auch bemerkt zu haben. Seh zischte leise, und Fu begann zu knurren. Als der Halm plötzlich unter der Wasseroberfläche verschwand, wurde Fus Knurren lauter.

Einen Augenblick später tauchte am Heck des Bootes der Kopf eines Jungen aus dem dunklen Wasser auf. Er hatte einen langen hohlen Halm zwischen den Zähnen. Er wechselte einen Blick mit Sum, und dann erschien ein strahlendes Lächeln auf seinem ungewöhnlich flachen Gesicht. Sum lächelte zurück. Der Junge im Wasser musste Sums Zwillingsbruder Cheen sein. Mit dem Strohhalm hatte er unter Wasser geatmet, während er zu ihnen geschwommen war. Seh und Fu entspannten sich wieder.

Cheen deutete zum Ufer. Er hob eine Hand aus dem Wasser und zeichnete mit dem Finger ein Haus in die Luft, dann kratzte er sich unter dem Arm wie ein Affe.

„Malao!“, rief Fu und sprang auf. „Lasst uns sofort hingehen und –“

Seh packte Fus Arm und zog ihn wieder auf den Boden herunter. Das kleine Boot schwankte heftig. „Runter mit dir!“, flüsterte Seh. „Was ist, wenn dich jemand sieht?“

„Aber da ist doch keiner!“, knurrte Fu.

„Woher willst du das wissen?“, erwiderte Seh.

„Ganz einfach", sagte Fu. „Wir sind schon fast am Ufer, und bis jetzt ist noch nichts passiert. Das bedeutet, dass Tonglong und seine Männer wahrscheinlich in der Hütte vor einem schönen, warmen Feuer sitzen. Sie werden nicht damit rechnen, dass wir bei diesem Wetter unterwegs sind. Los, schnappen wir sie uns!"

„Zuerst brauchen wir noch mehr Informationen", zischte Seh.

Hok blickte zum Ufer. Fu hatte vermutlich recht, doch ein bisschen mehr Informationen konnten nicht schaden. Hok wusste, dass Sum und Cheen nicht sprachen. Deshalb überlegte sie, wie sie Cheen etwas fragen konnte, das er ohne Worte beantworten konnte. „Wie viele Personen sind bei Malao?"

Cheen hob drei Finger.

Seh sah Hok an und zog erstaunt die Augenbrauen hoch. „Das ist gut zu wissen", sagte er. „Die drei sind bestimmt Tonglong, AnGangseh und HaMo."

Cheen nickte.

„Umso besser", sagte Fu. „Das macht fünf gegen drei. Worauf warten wir noch?"

Cheen und Sum nickten zustimmend. Dann erstarrten sie plötzlich. Irgendetwas stimmte nicht.

Sie erreichten die Weide, und der Bug des Bootes streifte die tief hängenden Zweige, ehe sie darunter hindurchfuhren. Hok duckte sich, um den Ästen über ihrem Kopf auszuweichen, und sah, wie Cheen wieder untertauchte und davonschwamm. Sum ging in die Knie und hielt sich am Bootsrand fest, den Blick unverwandt nach vorn gerichtet.

Hok drehte sich verwirrt zum Ufer um, als sie unter den Zweigen hindurchglitten. Im Wasser unter dem Blätterdach des Baumes entdeckte sie einen Halm, der plötzlich vor dem Boot aus dem Wasser ragte.

„Pass auf!“, rief Fu und deutete auf den Halm. Er stand auf, und der Bug des Bootes schnellte plötzlich nach oben. Hok wurde ins Geäst der Weide geschleudert, und sie schaffte es gerade noch, sich an einem der kräftigen Äste festzuhalten. Er hielt ihr Gewicht.

Während Hok im strömenden Regen über dem Fluss in der Luft baumelte, flogen ihre Brüder in hohem Bogen durch die Luft. Ehe sie ins Wasser fielen, riefen beide gleichzeitig: „HaMo!“

Hok duckte sich schnell zwischen die Blätter des Baumes und sah einen großen Mann im Wasser. Er hielt ihr Boot mit einer Hand in der Luft. Er war sehr dick, aber anscheinend auch sehr stark und sah aus wie ein riesiger Frosch oder eine Wasserkröte. Eine sehr wütende Wasserkröte.

鶴

Kapitel 17

„So was bekommt man wirklich nicht alle Tage zu sehen“, sagte der dicke Mann zu Hok. „Ein junger Kranich, der sich an einen Ast klammert wie ein verängstigter Affe. Diese Technik hat dir wohl dein kleiner Bruder Malao beigebracht, was?“

Der Dicke lachte und stand auf. Er hatte im Fluss gekniet und sich unter Wasser versteckt. Erst jetzt bemerkte Hok, dass es derselbe Mann war, den sie am Vortag im Bug von Tonglongs Drachenboot gesehen hatte. Das musste HaMo oder Kröte sein. Das dunkle Wasser schwappte heftig hin und her, als er mit seinem dicken Bauch auf sie zuwatete.

Hok wünschte, sie hätte tatsächlich ein paar Übungen von Malaos Affen-Kung-Fu gelernt. Für ihren Bruder wäre es ein Kinderspiel, sich mit seinen Füßen zu verteidigen, während er sich mit den Händen an einem Baum festhielt. Beim Kranich-Kung-Fu kamen solche Übungen allerdings nicht vor.

HaMo war nur noch zwei Schritte von ihr entfernt, als etwas direkt unter seinen Füßen aus dem Wasser schoss. Hok zog instinktiv die Knie an die Brust und blickte nach unten. Es war Cheen. Flink wie ein Aal stieß er seine

Handflächen gegen HaMos Brust, doch der Dicke bewegte sich keinen Zentimeter.

Gebannt beobachtete Hok, wie Sum hinter HaMo im seichten Wasser auftauchte. Sie trommelte gegen HaMos Kniekehlen. Doch HaMos stämmige Beine knickten nicht ein. So leicht schien man diesen Fettwanst nicht aus dem Gleichgewicht zu bringen.

In diesem Moment hörte Hok Fu laut brüllen, und sie streckte ihren Kopf zwischen den Blättern der Weide hervor. Fu schwamm im strömenden Regen zu ihnen. Ihr Boot lag mit dem Kiel nach oben auf einem großen Felsen am Ufer. Es war leer. Sie hatte keine Ahnung, wo Seh abgeblieben war.

HaMo stieß einen lauten Schrei aus, und Hok zog ihren Kopf rasch unter das Blätterdach zurück. Sie sah gerade noch, wie er sich wieder ins Wasser kauerte, während Sum immer noch direkt hinter ihm war. HaMo stützte sich mit den Händen auf dem Grund des Flusses ab und verlagerte sein Gewicht auf die Arme.

„Sum!", rief Hok. „Geh schnell zurück –"

Aber es war zu spät. HaMos Beine schnellten blitzschnell nach hinten und trafen Sum mit voller Wucht an der Hüfte. Das zierliche Mädchen wurde aus dem Wasser geschleudert und prallte mit dem Kopf gegen den kräftigen Stamm der Weide. Sums Körper sackte leblos zum Fuß des Baumes.

Cheen stieß einen gellenden Schrei aus, und HaMo stand auf. Sums Bruder stellte sich ihm mit grimmiger Miene entgegen und trommelte mit seinen Fäusten gegen HaMos mächtigen Bauch. Doch HaMos Bauch verschluckte den Schlag wie Wasser einen geworfenen Kieselstein. Die Speckringe bebten, als HaMo Cheen am Genick packte und seinen Kopf tief ins Wasser tauchte.

Hok wollte sich gerade ins Wasser fallen lassen, um Cheen zu helfen, als Fu durch das Blattwerk der Weide preschte. Er sah sich verwirrt um.

„Hilf ihm!“, rief Hok.

„Wem? Seh?“, fragte Fu.

„Nein, Cheen! Du musst Cheen helfen!“

„Wo ist Seh?“

„Keine Ahnung. Hilf du Cheen! Ich suche solange nach Seh.“

Fu sah HaMo in die Augen und schien zu verstehen. Er sprang aus dem brusthohen Wasser und landete mit einer Tigerklaue hinter dem Ohr neben HaMo.

HaMo blickte Fu besorgt und belustigt zugleich entgegen. Er ließ Cheen los und wich einen Schritt zurück.

Cheen richtete sich schwankend im Wasser auf. Schlammiges Wasser triefte aus seinem Mund wie aus einem löchrigen Eimer. Er wankte zu seiner Schwester, die immer noch reglos am Fuß des Baumes lag.

Fu und HaMo standen im Wasser und beäugten sich misstrauisch. Hok drehte sich um und suchte das Ufer nach Seh ab. Sie blinzelte durch den heftigen Regen und hielt erschrocken den Atem an. Seh trieb ein gutes Stück flussabwärts und versuchte verzweifelt, sich über Wasser zu halten. Er war noch nie ein besonders guter Schwimmer gewesen und schien bemüht zu sein, einen Arm aus dem Wasser zu halten. Dort klammerte sich seine Schlange fest.

Hok wandte sich zu Fu um. Fu und HaMo umkreisten sich langsam.

„Fu!", rief Hok. „Ich muss Seh helfen!"

„Kein Problem", antwortete Fu. „Ich komme gleich nach. Das wird nicht lange dauern."

HaMo lachte, und Hok ließ den Ast los. Während sie durch die Luft segelte, hörte sie HaMo sagen: „Du gefällst mir, Kleiner. Deine Schwester kann mir gestohlen bleiben. Ich werde lieber dich zu LaoShu bringen –"

Hok landete mit den Füßen voraus im kalten Wasser und schwamm los. Sie fragte sich, was HaMo mit dieser Bemerkung gemeint hatte.

Doch Hok hatte jetzt keine Zeit zum Nachdenken. Sie schwamm mit langen, kräftigen Zügen in Sehs Richtung.

Auf halbem Weg sah sie plötzlich eine Bewegung aus den Augenwinkeln. Am Ufer liefen zwei Personen entlang. Die eine lief zu Fu und HaMo, die andere in Sehs Richtung.

Die Person, die flussaufwärts rannte, hatte einen außergewöhnlich langen Zopf. Das konnte nur Tonglong sein. Die andere Gestalt war klein und zierlich und vollkommen in Schwarz gekleidet. Sie hatte eine pechschwarze Kapuze über den Kopf gezogen, welche sie vor dem Regen schützte und ihr Gesicht verbarg. Trotzdem wusste Hok genau, wer es war. Es war Sehs Mutter, AnGangseh oder Kobra – die Frau, die Malao am Vortag entführt hatte.

AnGangseh erreichte das Flussufer auf Sehs Höhe und watete bis zur Hüfte ins Wasser. Als sie in ihren Ärmel griff, dachte Hok, sie hole etwas hervor, mit dem sie Seh besser erreichen und aus dem Wasser ziehen konnte. Stattdessen warf sie etwas mit einer blitzschnellen Handbewegung in Sehs Richtung.

Trotz des wolkenverhangenen Himmels und des starken Regens sah Hok, wie etwas Metallisches in Sehs Hals eindrang. Er stieß einen gurgelnden Laut aus, dann sank er leblos in sich zusammen.

„Nein!“, schrie Hok entsetzt. Es war ein Wurfpfeil, und so wie Seh reagiert hatte, konnte es nur ein Giftpfeil gewesen sein.

Hok begann mit aller Kraft auf Seh zuzuschwimmen. Hinter ihr hörte sie plötzlich Fu brüllen, und dann war es totenstill.

„Nein! Nein! Nein!“, schrie Hok verzweifelt. Was auch immer Fu gerade zugestoßen war, hatte ihn zum Schweigen gebracht. Hok hoffte inständig, dass er nur ohnmächtig war.

Hok schwamm langsamer und blickte zu AnGangseh hinüber. AnGangseh schob ihre schwarze Kapuze zurück und sah Hok mit einem tödlichen Lächeln an.

Hok war machtlos. AnGangseh schob ihre Hand in Sehs Gewand und zog die Drachen-Schriftrolle hervor. Sie verstaute das Dokument in ihrem Ärmel, und dann tat sie das Unvorstellbare.

Ohne den Blick von Hok abzuwenden, drehte sie Seh mit dem Gesicht nach unten um und schob ihn in die Strömung des Flusses. Dann zog sie ihre Kapuze wieder hoch und glitt ans Ufer zurück.

鶴

Kapitel 18

Hok konnte nicht glauben, was sie soeben gesehen hatte. Sie wünschte, es wäre nur ein böser Traum, doch sie wusste, dass es keiner war. Seh würde sterben.

Hok breitete die Arme aus, schob sie tief durch das kalte dunkle Wasser und schwamm in wilder Panik los. Durch den dichten Regenschleier sah sie, wie sich Sehs bewusstloser Körper in der Strömung wieder umdrehte. Zumindest trieb er nun mit dem Gesicht nach oben. Vielleicht hatte sie doch noch eine Chance, ihn zu retten.

Hok erreichte Seh und glitt vorsichtig hinter ihn. Sie schlang ihre Arme um seine Brust und strampelte kräftig mit den Beinen, um sie beide über Wasser zu halten. Sie lehnte ihren Kopf über Sehs Schulter und legte ihr Ohr an seine Lippen. Gleichzeitig drückte sie seinen schmalen Brustkorb, in der Hoffnung, ein winziges Geräusch zu hören.

Seh verkrampfte sich plötzlich, und ein Schwall dunkles Flusswasser und Gallenflüssigkeit drang aus seinem Mund. Durch ihre Arme spürte sie, wie sich Sehs Brustkorb hob und senkte. Er atmete.

Trotzdem war Seh immer noch nicht bei Bewusstsein. Hok musste für sie beide schwimmen. Sie hatte einen

Arm um ihren Bruder geschlungen und benutzte den verletzten Arm zum Schwimmen. Langsam näherte sie sich dem Ufer.

Plötzlich spürte Hok, wie etwas unter Sehs Kragen zappelte. Seine Schlange. Hok widerstand dem Impuls, ihren Arm wegzuziehen. Sie lockerte ihren Griff, und der Kopf der Schlange lugte aus Sehs Kragen hervor.

Hok drehte sich um. Sie sah flussaufwärts, und ihre Augen weiteten sich vor Entsetzen. Tonglong hatte sein Drachenboot unter der Weide hervorgezogen und schob es ins Wasser. AnGangseh war bei ihm.

Hok sank so tief wie möglich ins Wasser und zog Seh und die Schlange mit sich. Sie mussten sich unbedingt verstecken. Ihr Blick fiel auf einen großen Baum, der in den reißenden Fluss hineinragte.

Hok erreichte den Baum mit seinen schützenden Ästen, als Tonglong das Drachenboot mit AnGangseh in den Strom schob. Mit Seh im Schlepptau schlüpfte sie zwischen das Geäst und umklammerte einen dicken, glitschigen Ast. Die Strömung war hier viel stärker. Wenn sie nicht achtgab, würden sie mitgerissen werden.

Das Drachenboot glitt erstaunlich schnell flussabwärts. AnGangseh saß im Bug und Tonglong im Heck. Beide ruderten mit einem einzelnen Paddel. Kurz darauf waren sie in Hoks Hörweite.

„Pass auf, dass wir nicht an diesem Baum im Wasser hängen bleiben“, sagte AnGangseh und deutete auf Hoks Versteck.

„Und was ist, wenn sich das Mädchen darin versteckt?“, fragte Tonglong. „Oder Seh?“

„Vergiss sie“, sagte AnGangseh. „Ssseh ist so gut wie tot, und das Mädchen ist wertlos für uns – HaMo ist mit dem Affen- und dem Tigerjungen vollauf zufrieden. Die Jungen werden ihm ein Vermögen einbringen. Wir haben, wonach wir gesucht haben. Wir verschwenden nur unsere Zeit, wenn wir das Mädchen fangen!“

„Wie du meinst. Dann nichts wie weg von hier“, antwortete Tonglong.

Und dann fuhr das Drachenboot vorbei.

Hok atmete erleichtert auf. Sie blickte auf Seh hinab, der immer noch in ihrem Arm hing. Wie konnte eine Mutter nur so über ihren Sohn sprechen?, fragte sie sich.

Hok wartete eine Weile, bis sie wieder Atem geschöpft hatte, und ihr gingen tausend Fragen durch den Kopf. Was hatte HaMo mit Malao und Fu vor? Wollte er für sie die Belohnung kassieren, so wie es auf dem Plakat in Kaifeng gestanden hatte? Wenigstens waren sie am Leben – zumindest *noch*.

In dem kalten Wasser begann Hok am ganzen Leib zu zittern. Es war höchste Zeit für sie beide, ins Trockene zu kommen. Sie befreite sich aus dem Geäst des Baumes und wollte Seh ebenfalls daraus hervorziehen.

Doch sosehr sie auch an ihm zog, er bewegte sich nicht.

Hok versuchte es noch einmal – vergebens.

Als Hok genauer hinsah, entdeckte sie, dass Sehs Fuß an irgendetwas festzuhängen schien. Sie zerrte auch an ihm, aber sie bekam ihn einfach nicht frei.

Hok fragte sich, was sie nun tun sollte. Allmählich hatte sie keine Kraft mehr.

In diesem Moment sah Hok ein zweites Boot den Fluss

entlanggleiten. Es war Cheen in ihrem kleinen Ruderboot. Sein Blick suchte das Ufer ab.

Stimmt ja, dachte Hok. Das Boot hat am Ufer gelegen. Cheen muss es wieder ins Wasser geschoben haben.

Hok drückte sich so weit wie möglich aus dem Wasser und winkte mit einem Arm, während ihr anderer Arm Seh umklammerte. Cheen sah sie.

Während sich der Zwillingsjunge dem Baum näherte, sah Hok, dass Sum bewusstlos auf dem Bootsboden lag. „Ich bin ja so froh, dass du kommst“, sagte Hok erleichtert. „Seh hängt fest. Kannst du mir bitte helfen?“

Cheen nickte und deutete zum Ufer. Hok wusste sofort, was er meinte. Er wollte das Boot auf Grund laufen lassen und dann wieder zu ihr schwimmen. Als er kurz darauf bei ihr war, tauchte er in dem dunklen Wasser unter.

Einen Moment später war Seh frei. Hok hielt ihn eng an sich gedrückt und schwamm mit letzter Kraft zum Ufer.

Cheen tauchte neben ihr auf und half ihr, Seh an Land zu hieven. Die Erde war glitschig, und der vom Regen angeschwollene Fluss riss Bäume und große Uferstücke mit sich. Lange würden sie dort nicht sicher sein.

Hok und Cheen legten Seh neben eine große Eiche, die weit genug vom Ufer entfernt war, und Cheen ging zu Sum zurück, die immer noch bewusstlos im Boot lag.

Hok musste unbedingt einen Blick auf Sehs Hals werfen. Sie streckte die Hand aus, um seinen Kragen herunterzuziehen, als sich etwas darunter bewegte – die Schlange.

Hok zog blitzschnell ihre Hand zurück und griff nach einem Stock. Damit streifte sie Sehs klatschnassen Kragen herunter und betrachtete aufmerksam Sehs Hals. So wie es aussah, war AnGangsehs Gift nicht allzu tief eingedrungen. Es gab eine kleine Schnittwunde, doch der Pfeil steckte nicht mehr darin. Das war gut.

Im Geiste ging Hok Hunderte verschiedener Beschreibungen von Giften durch. Dann schüttelte sie den Kopf.

Sie verschwendete ihre Zeit. Selbst wenn es ihr gelang, das Gift zu identifizieren, hatte sie kein Gegenmittel bei sich. Das Einzige, was sie im Moment tun konnte, war, die Gegend nach Pflanzen abzusuchen, um mögliche Nebenwirkungen zu verhindern. Und selbst das würde wahrscheinlich nicht einmal etwas nützen. Man konnte einer bewusstlosen Person nur ein Heilmittel verabreichen, indem man einen Tee aus den jeweiligen Zutaten kochte und dem Patienten einflößte. Sie hatte aber nichts, um ein Feuer zu machen, geschweige denn einen Wasserkessel oder Ähnliches.

Hok seufzte und sah zu Cheen hinüber. Er kauerte zusammengesunken im Boot und hatte die Hände in den Kopf gestützt. Er weinte.

Hok ging zum Boot hinüber und blickte auf Sum hinab. Es war noch viel schwieriger zu sagen, was ihr fehlte. Wenn jemand im Cangzhen-Kloster eine ähnliche Verletzung erlitten hatte, hatten sie immer abgewartet, bis die Person wieder zu Bewusstsein gekommen war, ehe sie versucht hatten, eine Diagnose zu stellen. Sie konnte versuchen, Sum mit speziellen stark riechenden Kräutern zu wecken, aber sie hatte keine bei sich.

Hok legte ihre Hand vorsichtig auf Cheens Schulter. „Danke, dass du mir und meinem Bruder geholfen hast. Ich wünschte, ich könnte etwas für deine Schwester tun. Wenn ich meine Medizintasche bei mir hätte, dann –"

Cheen erstarrte plötzlich und hob den Kopf. Hok sah einen Funken Hoffnung in seinen Augen. Er deutete aufgeregt den Fluss hinunter. Vielleicht kannte er eine Stelle, wo man nach Kräutern suchen konnte.

Cheen deutete auf Seh und bedeutete Hok, beim Boot zu bleiben. Hok nickte und sah zu, wie Cheen zur Eiche rannte, Seh vorsichtig hochhob und zum Boot zurücktrug. Er bettete Seh neben seine Schwester und gab Hok ein Zeichen, ihm zu helfen, das Boot ins Wasser zurückzuschieben.

Hok sah den Fluss hinunter und dachte an Tonglong und AnGangseh. Sie waren irgendwo da draußen. Und HaMo auch. AnGangseh hatte gesagt, dass sie Hok oder Seh nicht mehr brauchten, aber man konnte nie wissen.

Hok fuhr sich mit der Hand durch ihr kurzes Stoppelhaar. Alles war besser, als im Regen herumzustehen und zuzusehen, wie der Fluss immer weiter anstieg. Außerdem mussten sie Seh und Sum helfen. Oder es zumindest versuchen. Wenn man sie nicht behandelte, würden sie vielleicht Langzeitschäden erleiden oder sterben.

Hok half Cheen, das Boot zurück in den reißenden Fluss zu schieben, und kletterte an Bord.

鶴

Kapitel 19

Hok sah zu, wie Cheen das Boot stundenlang durch den strömenden Regen steuerte. Am späten Nachmittag hatten sie weder eine Spur von Tonglong, AnGangseh oder HaMo noch irgendein anderes Boot gesehen. Das Einzige, was sie gesehen hatten, waren jede Menge überflutete Bäume und riesige Erdklumpen, die vom Ufer ins Wasser stürzten. Die Erde wurde immer gelblicher – die Farbe kam von einem Mineral, aus dem Schießpulver gewonnen wurde. Die große Menge dieses Minerals gaben dem Fluss seinen Namen: der Gelbe Fluss.

Diese schrecklichen Schusswaffen, dachte Hok, und ihre Gedanken wanderten zu Charles. Sie fragte sich, was er jetzt wohl gerade tat. Hoffentlich hatte er seine Waffen nicht gebraucht. Hoffentlich war er immer noch bei ihrer Mutter und GongJee, und es ging ihnen gut. Hok dachte auch an Malao und Fu und fragte sich, was aus ihrem ältesten Bruder Long geworden war. Seit dem Angriff auf das Kloster war er spurlos verschwunden. Hoffentlich lebte er noch!

Hoks Blick fiel auf Seh, der immer noch bewusstlos seitlich gedreht auf dem Boden des Bootes lag. Plötzlich zog sie erstaunt die schmalen Augenbrauen hoch. Unter

Sehs Gewand zeichnete sich ein langer, schmaler Gegenstand auf seinem Rücken ab, der ihr noch nie aufgefallen war. Es sah ein bisschen aus wie die Umrisse von Charles' Waffen. Außerdem hing ein kleiner Beutel an Sehs Schärpe. Hok schüttelte das Säckchen, und ein klimperndes Geräusch erklang. Es waren Münzen. Sie fragte sich, woher er das Geld hatte.

Hok tastete nach dem Gegenstand an Sehs Rücken, dann zog sie blitzschnell die Hand zurück. An Sehs rechtem Handgelenk bewegte sich plötzlich etwas Verdächtiges. Es war die Schlange.

Hok löste Sehs Schärpe und drehte ihn vorsichtig auf den Bauch. Dann griff sie nach dem unteren Ende seines blauen Seidengewandes und klappte es hoch. Im Bund von Sehs Seidenhosen steckte eine Art Pergamentrolle. Obwohl sie völlig durchnässt war, erkannte Hok sofort, dass es keine Drachen-Schriftrolle war. Dazu sah sie zu neu aus.

Hok betrachtete die Rolle einen Moment lang nachdenklich, dann bemerkte sie, wie die Schlange unter Sehs Ärmel langsam den Arm hinaufkroch. Hok schnappte sich die Papierrolle und klappte Sehs Gewand wieder nach unten. Als die Schlange über Sehs Schulter kroch, drehte sie ihn wieder auf den Rücken und band seine Schärpe vorsichtig wieder zu.

Die Schlange streckte den Kopf zwischen Sehs Gewand hervor, und Hok wich mit dem Oberkörper zurück. Sehs merkwürdige Freundin starrte sie einen Augenblick an, dann verbarg sie ihren schillernden Kopf wieder unter dem Gewand.

Hok schauderte und sah auf. Cheen beobachtete sie erstaunt.

„Ich mag Schlangen nicht besonders“, erklärte Hok.

Cheen nickte, als stimme er ihr zu, und richtete seinen Blick wieder flussabwärts. Seine Stimmung schien plötzlich umgeschlagen zu sein. Er wirkte angespannt.

„Sind wir bald da?“, erkundigte sich Hok.

Cheen nickte. Weniger als eine halbe Stunde später deutete er zum Ufer. Im strömenden Regen entdeckte Hok ein kleines Haus, das zwischen Bäumen auf einem gelbfarbenen Hügel stand.

Cheen steuerte das Boot zu einer kleinen Lichtung zwischen zwei Ahornbäumen, die schon halb im Wasser standen. Er ließ das Boot auf Grund laufen und sprang an Land. Hok folgte ihm. Gemeinsam zogen sie das Boot in den Wald, weit weg vom Ufer.

Cheen hob seine Schwester aus dem Boot und bedeutete Hok, Seh ebenfalls herauszuheben. Aus Angst vor der Schlange nahm Hok Seh wie ein Baby in die Arme, anstatt ihn über die Schulter zu werfen, wie sie es normalerweise getan hätte. Seh so zu tragen, war ziemlich schwierig, besonders weil ihr verletzter Arm immer noch schmerzte.

Cheen ging auf das Haus zu, und Hok folgte ihm. Als sie vor der Tür standen, klopfte Cheen mit dem Fuß dagegen. Niemand antwortete.

Cheen klopfte noch einmal etwas fester, und die Tür klappte nach innen auf. Er marschierte einfach ins Innere, und Hok sah sich argwöhnisch um.

Sobald sie die Schwelle überschritten hatte, entspannte sich Hok sofort wieder. Der Raum war voller Pflanzen! Sie hingen an den Wänden und von der Decke. Auf dem Boden lagen verschieden große Stapel. Außerdem waren da noch jede Menge Schatullen, Körbe, Flaschen und Fässer, die mit Heilpflanzen überquollen. Hok wusste sofort, dass hier ein Arzt wohnen musste. Vermutlich sogar ein sehr guter Arzt.

Hok entdeckte mehrere Mittel, mit denen sie Seh helfen konnte, sobald er wieder bei Bewusstsein war. Direkt neben der Tür lagerten Heilpflanzen, mit denen man das Lungenvolumen erweitern konnte: große Büschel Seegras, Töpfe mit Aprikosenkernen, kleine Gefäße mit Senfkörnern und noch vieles mehr. Hok stellte erstaunt fest, dass der Pflanzenvorrat größer zu sein schien als im Cangzhen-Kloster.

Sie legte Seh vorsichtig auf den Lehmboden, um sich genauer umzusehen. Dabei bemerkte sie, dass die Schlange an Sehs Arm plötzlich ganz starr wurde.

Hok hörte eine Stimme hinter sich.

„Kann ich euch helfen?"

Hok drehte sich rasch um und sah eine gebeugte alte Frau in der Tür stehen. Ihr nasses Haar war dünn und grau, doch ihre Haut war straff, und ihre Augen glänzten hell und klar. Sie war sehr alt, sah aber ungewöhnlich gesund aus.

Hok senkte den Kopf. Sie fühlte sich wie eine Diebin. „Ich –"

„Cheen!", rief die Frau plötzlich. „Bist du das? Dich habe ich ja schon eine Ewigkeit nicht mehr gesehen. Komm her, und lass dich anschauen!"

Cheen trat mit Sum in den Armen zu der alten Frau. Die Frau wurde blass.

„Oje“, sagte sie leise. Ihr Blick streifte Seh, der auf dem Boden lag, dann sah sie Hok an. „Ihr Armen! Ich heiße übrigens PawPaw. Gut, dass ihr zu mir gekommen seid. Ich bin eine Heilerin.“

Hok atmete erleichtert auf. Ein warmes Gefühl durchströmte ihren ausgekühlten Körper. PawPaw bedeutete Großmutter. Einen besseren Namen für eine Heilerin gab es kaum.

Hok fuhr sich mit der Hand über das regennasse Gesicht und verneigte sich. „Ich heiße Hok.“

„Freut mich“, sagte PawPaw und nickte ihr freundlich zu. „Schade, dass wir uns nicht unter angenehmeren Umständen kennenlernen. Wer hat euch das angetan?“

„Ein Mann namens Tonglong, ein Mann namens HaMo und eine Frau namens AnGangseh“, antwortete Hok.

PawPaw spuckte aus. „Du musst schon etwas Besonderes sein, wenn die drei hinter euch her sind. Ich werde mein Möglichstes für euch tun. Cheen und Sum haben mir schon viele Male geholfen. Es sah eben so aus, als suchtest du etwas Bestimmtes. Was denn?“

„Xiang mu“, antwortete Hok.

PawPaw sah sie erstaunt an.

„Das ist eine Art Tanne“, erklärte Hok. „Allerdings hat der Baum Blätter. Es ist eine Heilpflanze.“

„Ich weiß schon, was das ist“, sagte PawPaw. „Was brauchst du denn davon: die Blätter, den Stamm oder die Rinde?“

„Eigentlich brauche ich den Saft aus den frisch geschnittenen Zweigen“, antwortete Hok.

PawPaw zog die Augenbrauen hoch. „Und was willst du damit machen? Willst du ihn etwa den beiden zu trinken geben?“

„Aber nein!“, entgegnete Hok. „Ich will ihnen ein bisschen davon unter die Nase reiben, um zu sehen, ob sie von dem Geruch wach werden.“

PawPaw lächelte. „Wie ich sehe, kennst du dich bestens mit Heilpflanzen aus, obwohl du noch so jung bist. Ich bin beeindruckt. Ich hätte genau das Gleiche gemacht. Leider habe ich das, was wir suchen, nicht hier. Aber ich weiß, wo wir ein gesundes Exemplar dieses Baumes finden können. Ganz in der Nähe ist ein Dorf, und der Baum, den du suchst, wächst mitten auf dem Dorfplatz. Es ist ein kleines Stück zu gehen – am besten, ich werde dich begleiten. Aber zuerst machen wir für Sum und deinen Freund ein bequemes Lager.“

„Er heißt Seh“, sagte Hok, während sie sich bückte und Seh vom Boden hochhob.

„Schlange und Kranich?“, sagte PawPaw erstaunt. „Wie merkwürdig. Normalerweise vertragen sich diese Tiere nicht allzu gut.“

„Er ist mein Bruder“, fügte Hok hinzu.

„Verstehe“, sagte PawPaw. „Dann bring deinen Bruder hier rein.“ Sie ging in den nächsten Raum.

Hok folgte ihr und betrat ein kleines Schlafzimmer mit zwei schmalen Pritschen. PawPaw deutete auf eines der Betten. „Leg Seh dorthin“, sagte sie. Cheen betrat ebenfalls das Zimmer und legte Sum auf das andere Bett.

„Was ist mit ihnen passiert?“, wollte PawPaw wissen.

„Sum ist mit voller Wucht mit dem Kopf gegen einen Baumstamm gestoßen“, antwortete Hok. „Und Seh wurde am Hals von einem Giftpfeil getroffen.“

„Und wie lange ist das her?“

„Ein paar Stunden“, sagte Hok.

„Dann können wir im Moment nichts für sie tun“, sagte PawPaw. „Was geschehen ist, ist geschehen. Wir müssen warten, bis sie wieder zu Bewusstsein kommen.“ Sie sah Cheen an. „Kannst du auf die beiden aufpassen, solange ich mit Hok zum Dorf gehe?“

Cheen nickte.

„Gut“, sagte PawPaw. Sie deutete mit dem Kopf auf eine große Truhe in einer Ecke des Raumes. „Da drin findest du trockene Kleider, Cheen. Zieh deine nassen Sachen aus, und zieh Seh und Sum auch was Trockenes an. Kannst du das?“

Cheen nickte erneut.

„Gut“, sagte PawPaw. „Dann komm mal mit, Hok. Ich habe genau das Richtige für dich zum Anziehen, wenn wir zurück sind. Aber jetzt kannst du deine Sachen ruhig noch anlassen. Auf dem Weg ins Dorf werden wir sowieso noch mal nass.“

PawPaw verließ das Schlafzimmer und wandte sich plötzlich zur offenen Eingangstür um. In diesem Moment hörte Hok schnelle Schritte, die sich von draußen näherten. Ein vom Regen durchnässter Junge stand in der Tür. Er sah aus, als wäre er schon lange gerannt. Er schloss die Augen und beugte sich schwer atmend vornüber, als Hok aus dem Schlafzimmer trat.

„Das Dorf ...“, stieß der Junge keuchend hervor. „... Es wurde angegriffen ... Bitte ... helfen Sie uns ... Wir brauchen ... Ihre Medizin!“

„Angegriffen?“, wiederholte PawPaw entsetzt, während sie blitzschnell alle möglichen Gegenstände in einen Korb warf. „Von wem?“

„Von den Soldaten ... des Kaisers“, antwortete der Junge immer noch schwer atmend.

„Bist du sicher?“, fragte PawPaw. „Warum sollten die Soldaten des Kaisers ein kleines unbedeutendes Dorf angreifen?“

„Sie haben gesagt ... dass sie jemanden ... Wichtigen ... suchen.“

„Aber das ist doch absurd“, sagte PawPaw kopfschüttelnd. „Wer um aller Welt kann so wichtig sein, dass man deshalb ein ganzes Dorf überfällt?“

Der Junge hob den Kopf und sah sich langsam im Raum um. Als sein Blick auf Hok fiel, verfinsterte sich seine Miene schlagartig.

„Sie haben ... einen Verräter gesucht ... Ein Mädchen ... mit braunem Haar.“

鶴

Kapitel 20

Hok traute kaum ihren Ohren. Ein ganzes Dorf war nur wegen ihr angegriffen worden?

Der Junge an der Tür machte einen Schritt auf Hok zu. Seine Miene war immer noch düster.

„Bleib sofort stehen!“, befahl PawPaw. „Du wirst ihr kein Härchen krümmen. Für heute ist schon genug passiert.“

Aus dem Schlafzimmer drang plötzlich ein Geräusch. Hok drehte sich um und sah, wie Cheen mit vorgereckter Brust aus dem Zimmer stapfte. Er stellte sich neben sie und sah den Jungen herausfordernd an.

Hok wusste nicht, was sie sagen sollte. Sie wollte nicht, dass man wegen ihr kämpfte, und hatte schreckliche Schuldgefühle wegen des Angriffs. Sie sah den Jungen an. „Es tut mir wirklich sehr leid, was mit deinem Dorf passiert ist. Glaub mir, ich bin kein böser Mensch. Ich will euch helfen, eure Verwundeten zu versorgen.“

Der Junge sah Hok immer noch finster an. „Du kannst uns nicht helfen! Es ist alles deine Schuld. Und außerdem bist du bloß ein Mädchen.“

PawPaw sah dem Jungen fest in die Augen. „Jetzt hör mir mal gut zu, junger Mann. Ich glaube, dieses Mädchen hat nichts Böses getan. Ich habe selbst gesehen, dass sie eine erfahrene Heilerin ist, und deshalb kann sie den Dorfbewohnern sehr wohl helfen. Gib ihr eine Chance. Und vor allem solltest du keinem erzählen, für wen du sie hältst."

Die Augen des Jungen wurden schmal, und er verschränkte die Arme vor der Brust.

„Ich kann es auch anders ausdrücken", fuhr PawPaw fort. „Wenn sie nicht geht, gehe ich auch nicht. Das Schicksal deines Dorfes liegt in deiner Hand."

Der Junge sah die alte Frau erschrocken an. „Na schön", brummte er. „Ich werde keinem etwas verraten."

„Gut", sagte PawPaw. Sie öffnete eine Kommodenschublade und nahm ein Rasiermesser heraus. Sie reichte es Hok.

Hok starrte sie erschrocken an. „Eine Waffe?", fragte sie entsetzt.

„Um Himmels willen, nein", sagte PawPaw. „Für deine Haare. So wie du aussiehst, kannst du unmöglich mitkommen. Selbst wenn du deine braunen Haare unter einem großen Hut oder Turban verbergen würdest, wäre das Risko noch zu groß. Du musst sie dir abrasieren. Außerdem musst du was anderes anziehen. Am besten tust du eine Weile lang so, als wärst du ein Junge."

Hok runzelte die Stirn. „Ich verstehe. Und was ist mit Sum und Seh? Werden wir nicht ziemlich lange fort sein?"

„Wahrscheinlich sind die beiden noch einen Tag oder sogar länger bewusstlos", antwortete PawPaw. „Lass uns zuerst zum Dorf gehen. Danach werde ich für Sum und deinen Bruder alles tun, was in meiner Macht steht. Ihr könnt bei mir bleiben, bis Sum und Seh wieder ganz gesund sind."

Hok zögerte, dann nickte sie.

PawPaw wandte sich an Cheen. „In der Truhe, die ich euch vorhin gezeigt habe, müsste ein Jungengewand und eine Hose liegen – die kann Hok anziehen. Könntest du ihr die Sachen bitte bringen?"

Cheen nickte und verschwand im Schlafzimmer.

PawPaw sah Hok an. „Hinter dem Haus steht eine Regentonne. Rasier dir die Haare ab, und dann komm wieder rein, und zieh dich um. Ich packe solange alle nötigen Dinge zusammen. Beeil dich!"

Wenig später eilten Hok und PawPaw im strömenden Regen durch den Wald. PawPaw hatte erklärt, es sei zu gefährlich, mit dem Boot zu fahren – der Fluss sei zu stark angeschwollen.

Als sie eine halbe Stunde später am Dorf anlangten, waren die Soldaten zum Glück längst fort. Der Anblick erinnerte Hok an das zerstörte Cangzhen- und Shaolinkloster.

Das Dorf war ziemlich groß, aber bei Weitem nicht so wie Kaifeng. Von den rund hundert Gebäuden waren viele angezündet worden und glimmten immer noch. Auf ihrem Weg zum Dorfplatz kamen sie an mehreren Häusern vorbei, die von Kugeln durchlöchert waren.

Als sie den Platz erreicht hatten, erkannte Hok sofort den Baum, den PawPaw erwähnt hatte. Hok dachte kurz daran, wie sie Seh damit aus seiner Ohnmacht wecken konnte, doch dann hatte sie keine Zeit mehr zum Nachdenken. Sobald die Dorfbewohner PawPaw sahen, strömten Verwundete allen Alters zu ihnen.

Ein paar Männer stellten rasch ein kleines Zelt auf, das Hok und PawPaw als Behandlungszimmer diente. Hunderte verletzte Dorfbewohner stellten sich vor dem Zelteingang in einer langen Schlange auf und warteten zitternd im kalten Regen, bis sie endlich an die Reihe kamen. Als die Nacht hereinbrach, hörte es endlich auf zu regnen. Die Dorfbewohner entzündeten mehrere große Lagerfeuer, damit den Wartenden wenigstens ein bisschen warm wurde. Jemand stellte eine Öllaterne ins Zelt, damit sie auch im Dunkeln arbeiten konnten.

Die meisten Wunden waren Schusswunden. Sie hatte noch nie Verletzungen dieser Art versorgt. Im Cangzhen-Kloster war es bei den Kampfübungen mit Waffen immer wieder vorgekommen, dass sich jemand verletzt hatte, und mit der Zeit war sie sehr geübt darin gewesen, diese Wunden zu behandeln. Ein Schwert- oder Speerstich konnte sehr tief sein und stark bluten, doch die Wunden zu versorgen, war relativ einfach.

Schusswunden waren dagegen viel komplizierter. Die Bleikugeln hinterließen klaffende Wunden in der Haut, die man nicht einfach wieder verschließen konnte, indem man die Haut fest aneinanderdrückte. Außerdem zersplitterten die Kugeln die Knochen. Oft machten sie das Opfer zum Krüppel und hinterließen Reste im Körper, die unbedingt entfernt werden mussten. Knochensplitter konnten zu gefährlichen Infektionen führen.

Leider kamen auch einige Patienten zu Hok, denen sie nicht mehr helfen konnte. Hok tat alles, was in ihrer Macht stand, um wenigstens ihre Schmerzen zu lindern – auch mit Schlafmohn. PawPaw hatte einen kleinen Vorrat davon mitgebracht.

Als Hok den letzten Patienten versorgt hatte, wurde es bereits hell, und sie war so müde, dass sie kaum noch die Augen offen halten konnte. PawPaw trat zu ihr und reichte ihr ein Stück Gingsengwurzel zum Kauen, damit sie neue Energie bekam.

„Du hast deine Sache heute Nacht sehr gut gemacht", meinte PawPaw anerkennend. „Wenn du nicht schon eine wärst, würde ich sagen, dass du eines Tages bestimmt eine große Heilerin sein wirst. Vielen Dank."

Hok runzelte die Stirn. „Sie brauchen mir nicht zu danken. Schließlich war es meine Schuld, dass das Dorf –"

PawPaw hob abwehrend die Hand. „Unsinn! Ich will nichts mehr davon hören." Sie sah sich um und fuhr mit gesenkter Stimme fort: „Ich will dir ein Geheimnis verraten. Ich stehe in Kontakt mit einem Mann namens NgGung, der bestens über alles und jeden in dieser Region informiert ist. Ich weiß, wer du bist, und ich glaube dir, dass du nichts Böses getan hast."

Hok blinzelte. „Ich kenne NgGung. Ich habe ihn getroffen", erklärte sie.

„Wie schön!", sagte PawPaw lächelnd. „Dann brauchen wir darüber schon nicht mehr zu reden. Lass uns lieber überlegen, wie es jetzt weitergehen soll."

Hok rieb sich die müden Augen. „Ich würde gerne noch so lange hierbleiben, bis Seh wieder reisefähig ist. Währenddessen kann ich mich weiter um die Menschen im Dorf kümmern, und danach werde ich mich gemeinsam mit Seh auf die Suche nach meinen anderen vier Brüdern machen."

PawPaw lächelte. „Das ist sehr großzügig von dir, den Leuten hier zu helfen. Die Dorfbewohner werden dir das nie vergessen. Ich schlage vor, du bleibst so lange bei mir, bis so viele wieder gesund sind, dass ich den Rest alleine versorgen kann. Das müsste auch ungefähr der Zeitpunkt sein, wenn Seh wieder weiterreisen kann. Was hältst du davon?"

Hok dachte an Seh und legte die Stirn in Falten. „Meinen Sie, Seh wird wieder ganz gesund werden? Und was ist mit Sum?"

„Ich glaube, sie werden beide wieder auf die Beine kommen", sagte PawPaw zuversichtlich. „Wenn Sum aufwacht, wird sie wohl noch ein paar Tage lang schreckliche Kopfschmerzen haben, aber das geht vorbei. Und was Seh angeht: Er ist jung und macht einen gesunden Eindruck. Während wir uns hier unterhalten, kämpft sein Körper gerade gegen das Gift. Allerdings können wir seinen jetzigen Zustand nur beurteilen, wenn wir ihn aus seiner Ohnmacht wecken. Lass uns die nötigen Zutaten sammeln und zu ihm gehen."

PawPaw holte ein kleines Messer aus ihrem Korb und reichte es Hok. Hok schnitt mehrere Äste des Baumes ab, und dann gingen sie zurück zu PawPaws Hütte.

Kapitel 21

Eine knappe Stunde später erreichten Hok und PawPaw die Hütte. Dort erwartete sie eine freudige Überraschung. Sum war bei Bewusstsein.

Sum und Cheen saßen nebeneinander auf Sums Bett in PawPaws Schlafzimmer. Auf dem anderen Bett lag Seh. Er war immer noch bewusstlos. Hok war erleichtert, dass es Sum besser ging, und machte sich große Sorgen um Seh.

PawPaw trat neben Sum und nahm ihre linke Hand. „Geht's dir gut?"

Sum lächelte schwach und nickte. Sie drehte langsam den Kopf und deutete auf die Rückseite. Man sah eine große Beule. An ihrem kurzen schwarzen Haar klebte ein bisschen getrocknetes Blut.

PawPaw ließ Sums linke Hand los und griff nach der rechten. Hok wusste, dass sie Sums Puls fühlte. Gleichzeitig sah sie dem Mädchen in die Augen auf der Suche nach Anzeichen für eine Gehirnerschütterung.

PawPaw ließ Sums Handgelenk los und lehnte sich zurück. „Außer dass du ziemliche Kopfschmerzen haben wirst, fehlt dir nichts." PawPaw deutete auf Seh. „Ist er mal aufgewacht?"

Cheen schüttelte den Kopf.

„Das habe ich befürchtet", seufzte PawPaw. Sie wandte sich an Hok. „Willst du versuchen, ihn wach zu machen, oder soll ich es lieber versuchen?"

„Ich versuch's", sagte Hok und machte sich an die Arbeit. Sie kniete sich neben Seh und holte das Messer und einen der abgeschnittenen Zweige aus PawPaws Korb. Dann schnitt sie tiefe Kerben in den Ast und faltete ihn mehrmals zusammen. Aus den Schnitten quoll ein zäher Saft, der sehr unangenehm roch. Der beißende Geruch trieb Hok die Tränen in die Augen.

Hok blinzelte und fuhr mit dem Finger über die Längsseite des Astes, dann strich sie die Flüssigkeit direkt unter Sehs Nase.

Seh zuckte zusammen und schlug die Augen auf. Er hob den Kopf, dann sank er wieder mit geschlossenen Lidern zurück.

„Hok?", murmelte Seh. „Bist du das?"

„Ja", antwortete Hok. „Wir sind bei einer Heilerin. Sie heißt PawPaw. Wie fühlst du dich?"

„Schrecklich", antwortete Seh.

Hok ergriff Sehs Hand. „Du bist vergiftet worden. Du kannst von Glück sagen, dass du noch lebst."

Seh holte tief Luft, und Hok sah, wie ihm die Tränen in die Augen traten. „Ich erinnere mich", sagte er leise.

PawPaw räusperte sich. „Am besten lassen wir deinen Bruder jetzt ein bisschen ausruhen. Später werde ich dich genau untersuchen, Seh."

„Ja ...", antwortete Seh. „Ich möchte gerne allein sein."

Das wunderte Hok nicht.

„Dann schlaf schön“, sagte PawPaw. Sie stand auf und verließ den Raum. Cheen half Sum beim Aufstehen, und sie folgten ihr.

Hok ließ Sehs Hand los. „Ich komme später wieder. Wenn du dann immer noch alleine sein willst, lass es mich wissen.“

Seh nickte, und Hok trat aus dem Zimmer. PawPaw wartete auf sie.

„Und, was meinst du?“, fragte sie.

„Wenn man bedenkt, was er durchgemacht hat, macht er einen ganz guten Eindruck“, meinte Hok.

„Das finde ich auch“, bestätigte PawPaw. „Deshalb habe ich auch erst einmal darauf verzichtet, ihn zu untersuchen. Ich habe mir Sorgen gemacht, dass er vielleicht teilweise gelähmt sein könnte, aber er hat den Kopf gehoben und deine Hand gedrückt. Ich habe auch gesehen, wie sich seine Zehen bewegt haben.“

„Gelähmt?“, wiederholte Hok. „Daran habe ich überhaupt nicht gedacht.“

„Tja, das kommt ganz auf das Gift an, das verwendet wird“, erklärte PawPaw. „Bei manchen Giften entstehen dauerhafte Schäden in den Bahnen, die Signale an bestimmte Körperteile weiterleiten, insbesondere zu inneren Organen und Gliedmaßen. Das kommt vor allem vor, wenn Schlangengift benutzt wurde.“

„Ich nehme an, AnGangseh hat Schlangengift benutzt“, sagte Hok.

„Das glaube ich auch“, bestätigte PawPaw. „Nicht umsonst bedeutet ihr Name ‚Kobra‘. Wahrscheinlich wollte sie ihn bewegungsunfähig machen.“

Hok nickte. Sie überlegte, ob sie PawPaw erzählen sollte, dass AnGangseh Sehs Mutter war. Doch dann besann sie sich eines Besseren. Wenn Seh jemandem von seinem Geheimnis erzählen wollte, machte er das am besten selbst.

Hok rieb sich die Augen. Sie war erschöpft.

„Ich glaube, wir ruhen uns jetzt auch etwas aus", meinte PawPaw. „Wenn wir geschlafen haben, mache ich uns etwas Reis und eine schöne heiße Gingseng-Suppe. Wir müssen alle unsere Energien mobilisieren. Vor uns liegt eine Menge Arbeit."

In den kommenden Wochen verliefen Hoks und PawPaws Tage nach dem immer gleichen Muster. Jeden Morgen gingen sie zum Dorf und sahen nach den Patienten und kehrten abends wieder in PawPaws Hütte zurück. Es wurde jeden Tag wärmer, und Hok trug ein leichtes graues Bauerngewand und Hosen und rasierte sich regelmäßig die Haare ab.

In gewisser Weise erinnerte sie das Leben an das im Cangzhen-Kloster. Sie fand es zwar nicht besonders angenehm, dass sie schon wieder so tun musste, als wäre sie ein Junge, aber wenigstens verlief hier alles relativ friedlich. Gemeinsam mit PawPaw arbeitete sie hart, aber das war im Kloster auch nicht viel anders gewesen.

In der Zwischenzeit kam Seh langsam wieder zu Kräften, allerdings war er immer noch zu schwach, um aufzustehen. Sum erholte sich viel schneller, und sie und Cheen verbrachten viel Zeit am Fluss. Sie fischten in dem Wasser, das langsam wieder zurückging, und passten auf Seh auf. Hok hätte gern mehr Zeit mit Seh verbracht, aber sie war den ganzen Tag unterwegs und abends todmüde. Die wenigen Male, die sie versucht hatte, mit ihm zu reden, hatte er sie abgewiesen oder so getan, als sei er müde. Hok nahm an, dass er verstimmt war, weil sie kaum zu Hause war.

Nach einer Weile musste Hok nur noch so viele Patienten versorgen, dass sie jeden Tag ein paar Stunden im Dorf verbrachte. Trotzdem war sie beschäftigter denn je. In jeder freien Minute streifte sie mit PawPaw bei Tageslicht und manchmal sogar noch, wenn es dunkel wurde, durch die umliegenden Wälder und sammelte Kräuter und Beeren und andere Heilpflanzen, um PawPaws stark geschrumpfte Vorräte wieder aufzufüllen. Hok versuchte mehrmals, Seh dazu zu überreden, sie zu begleiten, doch er wollte nicht. PawPaw sagte, dass Seh inzwischen längst aufstehen konnte, doch Hok sah ihn immer nur mit geschlossenen Augen und finsterer Miene auf seinem Bett liegen.

Allmählich machte sich Hok Sorgen um Seh. Während es ihm körperlich immer besser ging, schien sich sein seelischer Zustand zu verschlimmern. Seine Laune wurde zunehmend schlechter, und oft wurde er richtig gemein, wenn Hok ihn fragte, ob sie ihn untersuchen dürfe. Er ließ sich nur von PawPaw behandeln, und Hok spürte, wie der Abstand zwischen ihnen immer größer wurde.

Im Kloster waren sie sich zwar nie besonders nahe gewesen, aber sie hatten großen Respekt voreinander gehabt. Hok hatte Seh dafür geschätzt, dass er nicht verraten hatte, dass sie ein Mädchen war, obwohl er es schon lange wusste.

Aber jetzt war von dieser Achtung nichts mehr zu spüren, und darüber war Hok sehr betrübt. Vielleicht hatte sie etwas gesagt oder getan, was Seh ihr übel nahm. Vielleicht war sein Verhalten auch nur eine unangenehme Nebenwirkung des Giftes. Wie dem auch immer war, Hok wollte alles tun, um die unerträgliche Situation zu ändern. Und deshalb musste sie mit Seh reden.

Am nächsten Morgen gingen Cheen und Sum zum Fischen, und PawPaw breitete auf der Wiese vor dem Haus Kräuter zum Trocknen in der Sonne aus. Als Hok das Schlafzimmer betrat, lag Seh wie immer mit dem Gesicht nach unten auf dem Bett. „Ich möchte gerne mit dir reden“, begann Hok.

Seh antwortete nicht.

Hok kniete sich auf den Boden neben Sehs Kopf. „Ich mache mir große Sorgen um dich, Seh. Du wirkst so deprimiert.“

„Es geht mir gut.“

„Das glaube ich dir nicht“, erwiderte Hok. „PawPaw hat mir erzählt, dass sie deiner Teemischung wilde Dattelsamen und Rosenblüten beifügen will, um deinen Geist zu stärken. Hat sie das schon getan?“

„Keine Ahnung“, antwortete Seh. „Ich habe sie schon lange nicht mehr gefragt, was in dem Tee alles drin ist.“

„Seltsam“, fuhr Hok fort. „Der Seh, den ich kannte, wollte immer alles wissen. Er hätte niemals etwas gegessen oder getrunken, von dem er nicht wusste, was es war.“

„Vielleicht gibt es diesen Seh nicht mehr“, sagte Seh. „Vielleicht ist er irgendwo am Fluss. Wenn du willst, kannst du ihn ja suchen. Und jetzt lass mich allein.“

Hok schüttelte den Kopf. Sie beschloss, es anders zu versuchen. Sie stand auf und trat in eine Ecke des Raumes. Unter einem Stapel Körbe hatte sie die Pergamentrolle versteckt, die sie unter Sehs Gewand gefunden hatte. Sie zog sie hervor und trat wieder neben Seh.

„Das hier hätte ich beinahe vergessen“, sagte Hok und entrollte die Schriftrolle. „Was ist das?“

„Wie sieht es denn aus?“, fragte Seh, ohne aufzublicken.

„Wie eine Drachen-Schriftrolle. Nur die Schrift sieht ein bisschen eilig und das Pergament nicht so alt aus. Auf der einen Seite ist eine Skizze der Energie-Meridiane eines Menschen und auf der Rückseite eine Zeichnung verschiedener Druckpunkte.“

„Es ist die Abschrift einer Drachen-Schriftrolle“, erklärte Seh. „Ich habe sie gemacht, als du Ying aus dem Gefängnis befreit hast.“

„Oh“, sagte Hok. „Das war aber sehr klug von dir.“

Seh antwortete nicht.

Hok dachte über Sehs Worte nach. „Bist du wütend, weil ich Ying aus dem Gefängnis befreit habe?“

„Nein.“

Hok hielt inne und holte tief Luft. „Bist du wütend wegen ... deiner Mutter?“

„Ich will nicht darüber reden.“

„Aber ich glaube, du solltest darüber reden“, sagte Hok. „Vielleicht geht es dir dann besser.“

„Das bezweifle ich“, knurrte Seh.

„Woher willst du das wissen, wenn du es nicht versucht hast“, meinte Hok.

„Nein.“

Hok seufzte. Es funktionierte nicht. Sie beschloss, einen letzten Versuch zu unternehmen. Sie entrollte die Schriftrolle noch weiter. „Was ist an dieser Schriftrolle eigentlich so besonders? Was glaubst du? Sie sieht doch ganz normal aus.“

„Es ist eine Karte“, sagte Seh.

Hok blinzelte. „Eine Karte?“, wiederholte sie. „Bist du sicher?“

„Ja“, antwortete Seh.

„Aber ich kann nicht erkennen, wo –“

„Du darfst sie dir nicht so ansehen“, erklärte Seh gereizt. „Du musst sie gegen das Licht halten und durch sie hindurchsehen. Die Linien der beiden Skizzen bilden eine Karte.“

Hok starrte die Bilder an. „Und was soll das für eine Karte sein?“

„Das weiß ich auch nicht.“

Hok sah das Dokument genauer an. Sie wusste, was Seh meinte, aber sie tat so, als verstünde sie nicht, damit Seh endlich auftaute. „Ich verstehe immer noch nicht, was du meinst. Kannst du es mir nicht zeigen?“

„Nein.“

„Bitte.“

„Nein!“

„Was ist bloß mit dir los, Seh? Warum zeigst du es mir nicht?“

„Weil ich nicht will."

„Aber –"

„Nein!", schrie Seh. „Lass mich allein!"

Hok senkte die Schriftrolle und sah Seh an.

„Hok?", rief PawPaw von draußen. „Kannst du bitte mal kurz kommen?"

„Ja, ich komme gleich", rief Hok zurück. Sie sah Seh an. „Es tut mit leid, wenn ich dich verärgert habe, aber ich will immer noch mit dir reden. Ich gehe jetzt, aber ich bin gleich wieder da."

Seh antwortete nicht.

Hok legte die Schriftrolle neben Seh und verließ den Raum. PawPaw stand ein gutes Stück vom Haus entfernt.

„Mit Seh stimmt irgendetwas nicht", sagte Hok. „Hab ich recht?"

PawPaw nickte. „Es hat keinen Sinn, es länger zu verschweigen. Ich habe einen Teil eurer Unterhaltung mit angehört, und du hast recht. Seh hat Depressionen. Ich habe ihm Dattelsamen und Rosenblütenblätter gegeben, aber ich fürchte, alle Pflanzen dieser Erde werden ihm nicht helfen."

Hok sah PawPaw mit großen Augen an. „Ist es so schlimm?"

„Sehr schlimm", nickte PawPaw. „Wie du weißt, ist Seh sehr verschlossen. Er wollte nicht, dass irgendjemand erfährt, wie er sich fühlt, und wegen seines feinen Gespürs für Chi und andere Dinge konnte er erstaunlich gut funktionieren. Doch sobald er mein Haus verlässt, wird er seinen Zustand nicht mehr vor dir verbergen können. Es wundert mich, dass er es überhaupt geschafft hat, es so lange zu verbergen. Eigentlich hätte er es dir selbst sagen müssen, aber anscheinend zieht er sich immer mehr zurück. Wenn du nicht so beschäftigt gewesen wärst, hättest du es wahrscheinlich schon früher bemerkt."

„Aber was hat er denn?", fragte Hok mit zitternder Stimme.

„Weißt du noch, wie ich gesagt habe, dass Gift auch zu Lähmungen führen kann?"

„Ja ..."

„Leider sieht es ganz so aus, als hätte ich mir zu Recht Sorgen gemacht."

„Aber du hast doch damals selbst gesagt, dass er zum Glück nicht gelähmt ist", sagte Hok. „Ich habe selbst gesehen, dass er alle seine Glieder wieder bewegen kann."

„Ich sagte, dass das Gift manchmal auch die Bahnen beschädigt, die Signale zu bestimmten Körperteilen weiterleiten", erklärte PawPaw. „In Sehs Fall scheint die Verbindung zu seinen Augen dauerhaft geschädigt worden zu sein."

Hok starrte sie verwirrt an.

„Hok", sagte PawPaw, „Seh ist blind."

鶴

Kapitel 22

Später am Abend stand Hok neben Sehs Bett und betrachtete seine geschlossenen Augen. Er lag ganz still da, und es sah aus, als schliefe er. Doch Hok wusste, dass das nicht stimmte. Seh konnte sich sehr gut verstellen. Gern hätte sie geglaubt, dass sie deswegen nicht gemerkt hatte, dass er blind war. Aber tief in ihrem Inneren wusste sie, dass sie einfach nicht genug auf ihn geachtet hatte. Das wollte sie ändern.

„Hallo, Seh“, sagte Hok. „Da bin ich wieder.“

„Ich weiß“, antwortete Seh, ohne die Augen zu öffnen. „Ich habe gespürt, dass du zurückgekommen bist. Ich habe auch gespürt, dass du eine Ewigkeit in der Tür stehen geblieben bist. Mach das bitte nie wieder. Es ist sehr unangenehm, angestarrt zu werden, wenn man nicht zurückstarren kann.“

Hok senkte schuldbewusst den Kopf. „Tut mir leid. Das hört sich so an, als wüsstest du bereits, dass ich über ... deinen Zustand Bescheid weiß?“

„Ja“, gab Seh mürrisch zurück. „Ich habe gehört, wie du mit PawPaw gesprochen hast. Mein Gehör wird immer besser, weißt du. Genau wie mein Geruchssinn. Bald werde ich sein wie Fu. Lustig, was?“

„Ich finde das überhaupt nicht lustig“, erwiderte Hok ernst. „Dein Körper versucht sich nur an die neue Situation anzupassen. Damit du besser zurechtkommst.“

„Ich brauche keine Hilfe. Weder von meinem Körper noch von irgendjemandem anderen“, erklärte Seh trotzig. „Deshalb bist du doch gekommen, stimmt's? Du willst mir deine Hilfe anbieten.“

„Ja, stimmt“, antwortete Hok. „Du weißt doch, wie ich bin. Und PawPaw will dir auch helfen. Wir haben uns unterhalten und –“

„Ich brauche keine Hilfe“, unterbrach sie Seh scharf.

„Aber –“

„Ich sagte, ich brauche keine Hilfe!“, wiederholte Seh. „Verstehst du nicht, was ich sage?“

„Nein, es gibt so vieles, was ich nicht verstehe“, sagte Hok leise. „Zum Beispiel, wie du dich fühlst. Aber ich will es gerne lernen.“

„Such dir einen anderen Lehrer, und lass mich in Ruhe.“

Hok runzelte die Stirn. „Bitte, lass mich dir helfen.“

„Geh weg.“

„Nein.“

„Warum lässt du mich nicht einfach in Ruhe?“, fragte Seh. „Ich schade doch keinem.“

„Du schadest dir selbst“, sagte Hok. „PawPaw glaubt, dass du schwere Depressionen hast, und ich glaube das auch. Vor allem, wenn man dich so reden hört. PawPaw und ich können dir vielleicht dein Augenlicht nicht wiedergeben, aber wir können deine seelische Verfassung verbessern. Du musst unbedingt aufstehen, Seh. Du musst dich bewegen. Die Bewegung wird dir guttun.“

„Ich kann nicht gehen, ohne über meine eigenen Füße zu stolpern, Hok. Ich kann nicht einmal stehen, ohne das Gefühl zu haben, dass sich alles um mich herum dreht. Es ist hoffnungslos. Glaub mir, ich hab's versucht." Seine Stimme klang rau.

„Ich könnte dir dabei helfen zu lernen, beim Gehen nicht mehr zu stolpern", bot Hok an. „Ich kenne viele Übungen aus dem Kranich-Kung-Fu, die Gleichgewicht und Geschicklichkeit trainieren. Bei den meisten Übungen muss man sich die Augen verbinden. Unsicherheit verschwindet nach einer Weile. Am Anfang war mir bei den Übungen auch immer schwindlig, aber dann habe ich mich daran gewöhnt. Erinnerst du dich nicht mehr, wie ich im Kloster geübt habe?"

„Natürlich erinnere ich mich daran", erwiderte Seh. „Ich weiß auch noch, dass bei diesen Übungen alle möglichen Dinge zu Bruch gegangen sind."

„Stimmt, damit muss man rechnen", antwortete Hok. „Ich habe schon mit PawPaw geredet. Sie hat gesagt, es macht ihr nichts aus."

„Du lässt mich doch nicht etwa alleine hier?", fragte Seh erschrocken.

„Nein", antwortete Hok. „Ganz im Gegenteil. Ab morgen werde ich dir näher sein denn je. Cheen und Sum gehen fort, und ich ziehe zu dir in dein Zimmer."

„Sie gehen weg?", fragte Seh. „Wohin denn?"

„Zurück nach Kaifeng. Du kannst dich morgen früh von ihnen verabschieden. Dazu musst du allerdings aufstehen."

Seh verzog den Mund. „Du gibst wohl nie auf."

„Nein“, sagte Hok. „Dann kannst du ja jetzt mal eine der Übungen versuchen.“

Seh antwortete nicht.

„Wenn du es nicht versuchst, werde ich mich auf mein Bett setzen und dich Tag und Nacht anstarren, ohne auch nur einmal zu blinzeln“, erklärte Hok grinsend. „Du weißt, dass ich das kann. Dann wirst du mal sehen, was es wirklich heißt, angestarrt zu werden.“

„Schon gut, schon gut“, seufzte Seh. „Dann versuch ich's eben. Wann willst du anfangen?“

Hok strahlte über das ganze Gesicht. „Gleich morgen früh.“

Als Hok am nächsten Morgen erwachte, hörte sie erstaunt Sehs Stimme. Sie schlug die Augen auf und stellte überrascht fest, dass er bereits alleine aufgestanden war und sein graues Bauerngewand und seine Hosen angezogen hatte. Er stand am anderen Ende des Schlafzimmers und unterhielt sich mit Cheen und Sum, die ihre Sachen zusammenpackten. Als Hok sich den Schlaf aus den Augen gerieben hatte und aufgestanden war, waren Cheen und Sum bereit zum Gehen.

Gemeinsam mit Seh ging Hok zum Fluss hinunter, um sich von ihnen zu verabschieden. Seh hielt sich die ganze Zeit an ihrem Arm fest und rutschte nur einmal auf dem glitschigen Boden in der Nähe des Ufers aus. Hok fand, das war kein schlechter Anfang.

Hok bedauerte sehr, dass Cheen und Sum weggingen. Aber natürlich wusste sie, dass es Sum wieder gut ging und die beiden ihr eigenes Leben weiterführen mussten.

Hoffentlich würden sie und Seh das auch bald tun können. Nachdem sie sich alle umarmt hatten und PawPaw einige Tränen vergossen hatte, kletterten Cheen und Sum in das alte Boot, mit dem sie hergekommen waren, und drückten sich vom Ufer ab. Sobald sie außer Sichtweite waren, machten sich Hok und Seh an die Arbeit.

Hok begann Sehs Training mit einer Übung, die zwar ganz einfach aussah, es aber gar nicht war. Seh sollte auf einem Bein stehen. Mit geöffneten Augen war das kein Problem. Doch sobald man die Augen schloss, war das etwas ganz anderes. Als Hok noch ein kleines Mädchen war, hatte der Großmeister sie stundenlang wie ein Kranich auf einem Bein stehen lassen. Weil auch Seh diese Übung kannte, bewältigte er sie spielend.

Hok beschloss weiterzumachen. Als Nächstes sollte Seh mit einem Bein in die Hocke gehen, während er das andere parallel zum Boden ausgestreckt hielt. Das fand Seh schon schwieriger, vor allem, weil er so tief nach unten gehen musste, bis er den Boden berührte. Doch nach einer Weile beherrschte Seh auch diese Übung. Und das Gute war, dass Sehs Schwindelgefühl langsam nachließ.

Eine andere angenehme Nebenwirkung des Trainings war, dass sich Sehs Schlange an Hoks Gegenwart zu gewöhnen schien. Wenn sie Seh nun festhielt, weil er das Gleichgewicht verlor oder Hilfe brauchte, schien das die Schlange nicht mehr zu stören. Seh erzählte ihr, dass sich Schlangen oft an die Gerüche ihres Besitzers gewöhnten. Hok würde die Schlange zwar immer noch nicht berühren, aber immerhin fühlte sie sich nicht mehr so unwohl, wenn sie Seh anfasste.

Seh machte schnell Fortschritte, und darüber war Hok sehr froh. Sie beschloss, ihn noch mehr zu trainieren.

Sie entdeckte ein altes Brett hinter PawPaws Haus und legte es auf mehrere kleine flache Steine. Das Brett bildete einen schmalen Weg, der etwa doppelt so lang wie Seh und nur ein paar Finger breit vom Boden entfernt war. Hok hielt Seh am Arm fest und ließ ihn über das Brett gehen. Mit dieser Übung konnte man das Gleichgewicht trainieren und lernen, in einer schnurgeraden Linie zu gehen. Hok hatte diese Übung sehr hilfreich gefunden. Danach konnte sie problemlos mit verbundenen Augen ein Brett entlanggehen, das zwei Klosterdächer miteinander verband. Aber so hoch musste Seh natürlich nicht hinaus. Am Abend war sich Hok sicher, dass Seh die Übungen gutgetan hatten.

Nach dem Abendessen erklärte Seh, dass er gerne weitertrainieren würde. Daraufhin zeigte PawPaw Seh einige Übungen, die sie selbst entwickelt hatte. Am besten gefiel Hok die Übung, bei der Seh Wasser in eine Tasse gießen sollte. Dabei musste er beim Eingießen einen Finger in die Tasse halten, damit er fühlte, wie voll sie war.

In den folgenden drei Tagen brachte Hok Seh verschiedene Grundtechniken des Jonglierens mit Händen und Füßen bei. Sie hatte auch diese Übungen mit verbundenen Augen gemacht, um ihre Reaktionsfähigkeit und Schnelligkeit zu schulen. Hok dachte, wenn Sehs Hände und Füße schnell genug waren, um einen Gegenstand in der Luft zu halten, konnte er auch beim Gehen schnell genug auf Hindernisse reagieren, damit er nicht dagegenstieß und sie umwarf. Dank der Übungen im

Schlangen-Kung-Fu hatte Seh schon immer außergewöhnlich flinke Hände gehabt, und so entpuppte er sich als hervorragender Jongleur.

Am fünften Tag fiel Hok nichts mehr ein, was sie Seh noch beibringen konnte. Also nahm sie ihn mit in den Wald und ließ ihn dort ohne Hilfe herumgehen. Seh schlug sich bemerkenswert gut. Jedes Mal, wenn sein Fuß gegen einen Stein stieß oder seine ausgestreckten Hände einen Baum berührten, korrigierte er seinen Kurs und ging weiter, ohne zu stolpern. Es schien, als hätte er beinahe über Nacht einen sechsten Sinn entwickelt.

Außerdem hatte Hok das Gefühl, dass Sehs Schlange ihm in gewisser Weise auch half. Sie hatte mehrmals gesehen, wie die Schlange ihren Kopf aus Sehs Ärmel gestreckt hatte und sich festklammerte, wenn Seh einem Gegenstand gefährlich nahe kam.

Seh wurde nicht nur jeden Tag geschickter, auch seine Stimmung wurde deutlich besser. Er war zwar immer noch nicht der Alte, aber längst nicht mehr so deprimiert. Das fiel auch PawPaw auf. Am Ende des Tages nahm sie Hok beiseite.

„Das mit Seh hast du gut gemacht, Hok", sagte PawPaw anerkennend. „Du kannst stolz auf dich sein."

Hok zuckte die Schultern. „Ich habe nur versucht, ihm zu helfen."

„Sei nicht so bescheiden", erwiderte PawPaw. „Du weißt, dass du sehr gute Arbeit geleistet hast. Ich glaube, du hast alles für ihn getan, was du konntest."

Hok sah PawPaw an. „Was willst du damit sagen?"

PawPaw lächelte. „Ich freue mich wirklich sehr über

eure Gesellschaft, aber ich glaube, Seh und du solltet euch wieder auf den Weg machen. Es ist Zeit, dass ihr eure Flügel ausbreitet."

Hok nickte langsam. „Das habe ich auch schon gedacht. Du wirst mir fehlen."

„Ihr werdet mir auch fehlen", sagte PawPaw. „Aber ihr könnt mich jederzeit besuchen kommen. Ich werde euch immer mit offenen Armen empfangen und die Dorfbewohner bestimmt auch."

„Danke", sagte Hok. „Dann werde ich mich wohl schweren Herzens im Dorf verabschieden müssen."

PawPaw schüttelte den Kopf. „Das würde ich an deiner Stelle lieber nicht tun. Die Dorfbewohner werden dir nie vergessen, was du für sie getan hast. Aber wenn du dich jetzt offiziell von ihnen verabschiedest, werden sie dich nur fragen, wohin du gehst und wo du hergekommen bist. Als du sie damals behandelt hast, waren sie zu sehr mit sich selbst beschäftigt, um sich darüber Gedanken zu machen. Ich finde, du solltest dein Glück nicht herausfordern."

„Ich verstehe", sagte Hok. „Und wann sollen wir aufbrechen? In einigen Tagen?"

PawPaw sah zum Horizont auf die Abendsonne. „Wenn du mich fragst, am besten in ein paar Stunden."

鶴

Kapitel 23

AnGangseh saß im Bug des Drachenbootes und hielt die gestohlene Pergamentrolle gegen das Sonnenlicht.

„Irgendetwas ist hier faul“, zischte sie.

Tonglong setzte seinen langen Stab ab und beugte sich zu seiner Mutter vor. „Was meinst du damit?“

„Seit Wochen fahren wir den Gelben Fluss von Kaifeng bis zum Gelben Meer ab“, antwortete AnGangseh. „Wir haben jeden Nebenfluss mit sämtlichen Ufern abgesucht, und trotzdem haben wir immer noch keine Spur von dem Schatz gefunden.“

„Bist du sicher, dass das auf der Karte der Gelbe Fluss ist?“, fragte Tonglong. „Wir befinden uns ziemlich weit im Norden.“

„Ganz sssicher“, zischte AnGangseh. „Dein Vater hat mir selbst die Einzelheiten beschrieben, ehe er starb. Das ist jetzt fünfzehn Jahre her. Ich kann mir nicht vorstellen, dass sich das Ufer seitdem groß verändert hat. Diese Karte kommt aus dem Sssüden, aber sie zeigt den Weg zu einem Schatz, der hier im Norden beginnt. Man erkennt auch, dass es sich bei dem Fluss um den Gelben Fluss handelt, weil viele Linien mit den Ufern übereinstimmen, die wir gesehen haben. Allerdings scheinen große Abschnitte davon ungenau zu sein." Sie rollte die Schriftrolle wieder zusammen und warf sie ärgerlich auf den Boden des Bootes. „Allmählich glaube ich, dass sie von jemandem manipuliert wurde. Wenn man die Karte ganz genau betrachtet, sieht es so aus, als hätte jemand zusätzliche Linien eingezeichnet."

„Und was sollen wir jetzt tun?", fragte Tonglong.

„Wir versuchen es noch ein paar Tage", antwortete AnGangseh. „Wenn wir den Schatz dann immer noch nicht gefunden haben, werden wir diese verflixten jungen Mönche aufspüren und ihnen eine Lektion erteilen. Ich lasse mich nicht an der Nase herumführen!"

鶴

Kapitel 24

Hok stand zwischen PawPaw und Seh am Ufer, als die Sonne langsam hinter den Baumwipfeln im Westen versank. Seh hielt sich an Hoks Unterarm fest, der zum Glück wieder ganz gesund war. Sie hatte das Gefühl, dass sie bald beide Arme brauchen würde. Neben ihnen lag ein Boot am Ufer.

Hok betrachtete es neugierig. Es war ein ähnliches Boot, wie jenes, mit dem Cheen und Sum weggefahren waren, nur kleiner und in einem besseren Zustand. Es war gerade groß genug für zwei Personen und etwas Gepäck. In dem Boot befand sich ein großer Korb und ein Kleiderstapel. Hok sah PawPaw an.

„Woher hast du das Boot?“, fragte sie.

„Es gehört mir“, antwortete PawPaw. „Es ist fast so alt wie ich selbst, aber wie du siehst, ist es immer noch tadellos in Ordnung. Ich habe es aus seinem Versteck geholt, als du heute Morgen mit Seh trainiert hast. Es wird euch gute Dienste leisten.“

Hok schüttelte den Kopf. „Vielen Dank, PawPaw, aber das können wir nicht annehmen. Wir gehen zu Fuß.“

„Kommt gar nicht infrage“, erwiderte PawPaw. „Ich habe dieses Boot schon seit Jahren nicht mehr benutzt.

Ich habe es nur für einen Notfall wie diesen instand gehalten. Genau genommen tut ihr mir sogar einen Gefallen, wenn ihr es mitnehmt, dann muss ich mich nicht mehr darum kümmern. Allmählich werde ich zu alt dafür."

Seh räusperte sich. „Können wir nicht trotzdem zu Fuß gehen? Ich würde gerne wissen, ob meine neuen Übungen etwas genutzt haben."

Hok verzog den Mund zu einem schiefen Grinsen und sah PawPaw an. „Weißt du, Seh mag keine Boote. Ich dagegen fahre sehr gerne mit dem Boot. Und da wir flussabwärts reisen wollen, ist es wahrscheinlich das beste Transportmittel."

„Bist du sicher, dass wir nicht doch besser zu Fuß gehen sollten?", fragte Seh besorgt. „Schließlich wird es bald dunkel, oder?"

PawPaw blickte zu dem wolkenlosen Himmel empor. „Keine Sorge, das Mondlicht wird hell genug sein", sagte sie. „Es ist besser, wenn ihr bei Nacht durch das Dorf kommt. Sonst erkennt womöglich jemand das Boot und verfolgt euch, weil er denkt, ihr hättet es gestohlen."

„Gibt es in dieser Gegend denn viele Diebe?", fragte Hok. „Ich meine, müssen wir besonders vorsichtig sein?"

„Möglicherweise gibt es Flusspiraten", antwortete PawPaw.

Hok sah sie mit großen Augen an. „Flusspiraten?"

PawPaw nickte. „In dieser Gegend gibt es zwar nur wenige, aber gefährlich sind sie trotzdem. Da ihr nichts besonders Wertvolles bei euch habt, werden sich die Schurken sowieso nicht für euch interessieren."

„Sind sie sehr stark?“, fragte Seh.

„Jedenfalls lohnt es sich nicht, sich mit ihnen anzulegen, wenn du das meinst“, sagte PawPaw. „Am besten gibt man ihnen, was sie wollen, und verzieht sich. Flusspiraten kämpfen mit unfairen Mitteln, und sie tragen Schusswaffen. Ich habe Gerüchte von einer skrupellosen Piratenbande gehört, die am Ufer von Jinan ihr Unwesen treibt. Sie sind so brutal, dass nicht einmal die Regierung es wagt, ihnen Einhalt zu gebieten und sie frei gewähren lässt. Aber ich bin mir sicher, dass ihr vor diesen Kerlen keine Angst zu haben braucht.“

„Was ist denn in dem Korb drin?“, wollte Hok wissen.

„Nur ein bisschen Proviant“, antwortete PawPaw. „Außerdem habe ich euch zwei große Hüte eingepackt, zum Schutz vor der Sonne. Auf dem Wasser kann man sich leicht verbrennen.“

„Danke“, sagte Hok. Sie wusste nicht, was sie noch sagen sollte. PawPaw war wirklich sehr nett zu ihnen.

Die alte Frau ging an Hok vorbei und trat neben das Boot. „Willst du nicht wissen, was das hier ist?“, erkundigte sie sich und hielt die Kleider hoch. Es war ein langes hellblaues Seidenkleid und ein eleganter Turban in der gleichen Farbe. Unter den Kleidern lag eine Rasierklinge auf dem Bootsboden.

PawPaw blickte auf die Kleider und dann auf die Rasierklinge. „Such dir eins von beiden aus“, sagte sie zu Hok.

Hok begriff sofort, was PawPaw meinte. Sie musste sich entscheiden, ob sie weiterhin so tun wollte, als wäre sie ein Junge, oder ob sie lieber wieder ein Mädchen sein wollte. Hok blickte auf ihr graues Gewand und fuhr sich mit der Hand über ihren rasierten Schädel. Die Entscheidung war leicht. Sie deutete auf das Kleid und den Turban.

PawPaw lächelte und reichte Hok die Kleider. „Eine weise Entscheidung“, sagte sie und nahm die Rasierklinge aus dem Boot. „Als Junge würden dich die Soldaten des Kaisers vielleicht nicht so leicht erkennen, aber wenn man zu lange sein wirkliches Ich verbirgt, schadet das einem irgendwann. Entdecke dein Selbst, und genieße deine neue Freiheit. Allerdings würde ich an deiner Stelle immer den Turban über deinem braunen Haar tragen. Du solltest nicht leichtsinnig sein. Soweit wir wissen, suchen die Soldaten des Kaisers immer noch nach dir.“

Hok nickte, dann senkte sie den Kopf. „Ich weiß gar nicht, wie ich dir jemals für all das danken soll, was du für uns getan hast.“

PawPaw machte eine abwehrende Handbewegung. „Ach Unsinn“, sagte sie. „Und jetzt zieh dich schnell um. Ich möchte sehen, wie du in dem Kleid aussiehst.“

Hok rannte den kleinen Hügel zu PawPaws Haus empor. Sie schlüpfte in das Kleid und den Turban und kehrte strahlend zum Flussufer zurück. Das kurzärmelige Kleid passte wie angegossen. Es bedeckte ihren ganzen Körper und ließ ihr dennoch genug Bewegungsfreiheit für Arme und Beine. Der kühle Seidenstoff fühlte sich wunderbar auf ihrer Haut an, und die hellblaue Farbe passte gut zu ihrem hellen Teint. Es war perfekt.

PawPaw musterte Hok lächelnd. „Wie hübsch du aussiehst! Du hast wirklich die richtige Wahl getroffen. Du bist so ein schönes Mädchen!"

Hok errötete. Sie sah Seh an. Seine Miene war finster. Sie wünschte, Seh könnte sie jetzt sehen.

PawPaw schnippte mit dem Finger. „Mach nicht so ein Gesicht, Seh. Freu dich lieber auf das, was vor euch liegt. Wo fahrt ihr überhaupt hin?"

Seh schwieg.

Hok beschloss, an seiner Stelle zu antworten. „Das wissen wir noch nicht so genau. Ich dachte, wir fahren am besten flussabwärts, denn in Kaifeng werden wir vielleicht immer noch gesucht. Aber wo wir genau hinsollen, weiß ich auch noch nicht."

„Aha", sagte PawPaw. „Soll ich euch einen Vorschlag machen?"

„Gern", sagte Hok.

„Wenn du nichts dagegen hast, würde ich gerne einen Blick auf deine Karte werfen, Seh. Ich habe zufällig gehört, wie du dich letzte Woche mit Hok darüber unterhalten hast. Ich wollte dich schon die ganze Zeit fragen, ob du sie mir mal zeigst. Ich habe mein ganzes Leben hier verbracht. Vielleicht erkenne ich etwas wieder."

Hok fürchtete schon, Seh würde ablehnen, doch er nickte und zog die Pergamentrolle aus seinem Gewand hervor. Hok sah, wie die Schlange seinen Arm emporkroch und über die Schulter glitt.

„Hier", sagte Seh und streckte die Karte aus.

PawPaw nahm sie und entrollte sie. Sie hielt das Dokument gegen die Abendsonne. Nach ein paar Minuten pfiff die alte Frau leise durch die Zähne.

„Wirklich raffiniert", sagte sie. „Schau mal, Hok. Die Hauptlinien der Meridiane sind Flüsse, und die anderen Linien sind Nebenflüsse und möglicherweise besonders markante Punkte. Wirklich genial."

„Kommt dir irgendetwas bekannt vor?", fragte Hok.

„Ja", sagte PawPaw aufgeregt. „Siehst du den Meridian, der quer über die Brust verläuft? Das ist der Gelbe Fluss. Und diese dicke Linie, die von oben nach unten verläuft ... Ich glaube, das ist der Große Kanal."

„Was ist der Große Kanal?", fragte Seh.

PawPaw zog die Augenbrauen hoch. „Ihr habt noch nie vom Großen Kanal gehört?"

Hok und Seh schüttelten beide den Kopf.

„Man nennt ihn auch den Kaiserkanal. Das ist das erstaunlichste Bauwerk, das jemals von Menschen erschaffen wurde", sagte PawPaw. „Der Kanal erstreckt sich von der Hauptstadt Peking im Norden bis nach Hangzhou im Süden. Der gesamte Kanal wurde von Hand gegraben. Die meisten Flüsse in China fließen von Westen nach Osten. Deshalb ist diese Wasserstraße für den Warentransport von Norden nach Süden extrem wichtig. Wenn ich raten müsste, dann würde ich sagen, dass der Kopf der Figur den Palast des Kaisers in der Verbotenen Stadt in Peking darstellt – also der nördlichste Punkt der Karte. Und die Füße sind irgendetwas im Süden. Was genau, weiß ich allerdings auch nicht. Vielleicht Hangzhou, vielleicht aber auch etwas noch Südlicheres wie Kanton. Ich bin den Großen Kanal noch nie sehr weit hinuntergereist. Tut mir leid, mehr kann ich dazu nicht sagen."

„Es braucht dir nicht leidzutun", sagte Hok. „Du hast uns schon sehr geholfen."

„Ja", sagte Seh und nickte. „Darauf wären wir nie gekommen. Und ich im Moment schon gar nicht."

PawPaw legte Seh die Hand auf die Schulter. „Ich finde, du schlägst dich sehr gut, Seh. Du kannst wirklich stolz sein, wie viele Fortschritte du schon gemacht hast. Also lass den Kopf nicht hängen, ja?"

Seh nickte.

„Gut", sagte PawPaw. „Wisst ihr zufällig, wohin diese Karte führen soll? Vielleicht zu einem geheimen Kloster?"

„Das wissen wir leider auch nicht", sagte Hok. „Jedenfalls scheint es ziemlich wertvoll zu sein. Seh ist blind, weil –" Hok brach mitten im Satz ab.

Seh räusperte sich. „Schon gut, Hok. Ich erzähle es ihr." Er wandte sich zu PawPaw um. „Ich wurde vergiftet, weil AnGangseh unbedingt die Originalkarte haben wollte. Sie hat sie mir gestohlen, aber sie wird ihr nichts nutzen. Ich habe die Karte verändert."

„Du hast was?", fragte Hok erstaunt. „Das hast du mir nie gesagt!"

Sehs Mund verzog sich zu einem schiefen Grinsen. „Entschuldige. Das habe ich ganz vergessen. Ich habe vorsichtig noch einige Linien hinzugefügt und Meridiane miteinander verbunden, die vorher getrennt waren. Ich habe alle Linien auf der Drachen-Schriftrolle mit Tinte nachgefahren, damit es nicht auffällt, dass etwas dazugezeichnet wurde."

„Sagtest du Drachen-Schriftrolle?", erkundigte sich

PawPaw. „Heißt das, das ist eine Kopie einer Drachen-Schriftrolle?“

Seh nickte. „Ja, warum?“

„Es ist nur eine Legende, aber vielleicht ist sie ja trotzdem interessant“, sagte PawPaw. „NgGung hat mir mal die Geschichte einer geheimen Drachen-Schriftrolle erzählt, die euer Großmeister ins Cangzhen-Kloster gebracht hat. Angeblich führt sie zu einer Schatzkammer. NgGung glaubt, es könnte etwas Wahres daran sein, denn der Großmeister stammt aus einer uralten Familie von Leibwachen. Seine Familie hat über Generationen hinweg wohlhabende Familien beschützt.“

„Der Großmeister hat immer irgendwelche geheimen Dinge gemacht und schien stets genug Geld zu haben“, sagte Seh nachdenklich. „Es würde mich nicht wundern, wenn er irgendwo einen Schatz versteckt hätte.“

„Wie aufregend“, sagte PawPaw. „Was werdet ihr beiden jetzt tun? Den Kanal zur Verbotenen Stadt oder nach Süden fahren?“

Hok überlegte kurz und musterte Seh nachdenklich. „Das wissen wir noch nicht“, antwortete sie. „Ich will zuerst versuchen, meine Brüder Fu und Malao zu finden, ehe wir nach dem Schatz suchen.“

„Weißt du denn, wo sie sind?“, fragte PawPaw.

„Nein“, antwortete Hok. „Sie wurden entführt.“

„Entführt?“, wiederholte PawPaw und richtete sich auf. „Warum habt ihr mir das nie erzählt?“

„Na ja ... ich dachte, du kannst ihnen sowieso nicht helfen“, stammelte Hok. „Das war wahrscheinlich dumm von mir.“

PawPaw holte tief Luft und seufzte. „Nein, wahrscheinlich hast du recht. Es hat keinen Sinn, sich deswegen Vorwürfe zu machen. Ich hätte wirklich nicht viel machen können. Außer NgGung bitten, sein Netzwerk zu informieren, damit sie Augen und Ohren offen halten. Allerdings habe ich NgGung nicht mehr gesehen, seit ihr hier seid, also spielt es sowieso keine Rolle. Ich sage es ihm, wenn ich ihn treffe. Wisst ihr zufällig, wer eure Brüder entführt hat?"

„Fu wurde von einem Mann namens HaMo gefangen", antwortete Hok.

„Den Namen kenne ich", sagte PawPaw. „Das ist kein angenehmer Zeitgenosse."

Hok dachte an den Regentag im Fluss zurück. „Ich habe gehört, wie er etwas zu Fu gesagt hat", sagte sie zu PawPaw. „HaMo sagte so etwas wie ‚Du gefällst mir, Kleiner. Vergiss deine Schwester. Ich bringe lieber dich zu LaoShu.'" Hok seufzte. „Ich weiß aber nicht, was er damit gemeint hat."

„Aber ich vielleicht", sagte PawPaw. „Vergiss, was ich vorher über die Flusspiraten gesagt habe. Ich schlage vor, ihr fahrt nach Jinan, zur Stadt der Quellen. Es ist die nächste große Stadt flussabwärts, etwa eine Tagesreise von hier. Dort sucht ihr nach dem Jinan-Kampfklub."

„Was ist das?", fragte Hok.

„Es ist genau das, wonach es sich anhört", sagte PawPaw. „Ein Ort, an dem Menschen gegeneinander kämpfen und die Zuschauer wetten, wer gewinnt. Bei diesem blutigen Sport haben schon viele ihr Leben verloren. Es ist ein böser Ort mitten im besten Viertel der Stadt."

„Ist es schwer zu finden?“, fragte Hok.

„Nein“, antwortete PawPaw. „Aber es ist schwierig hineinzukommen. Die meisten Zuschauer sind mächtige Beamte. Jinan ist die Hauptstadt der nächsten Provinz Shandong. Ich wünschte, ich könnte etwas für euch tun.“

Hok schüttelte den Kopf. „Du hast schon so viel für uns getan.“

„Ja, das stimmt“, fügte Seh hinzu. „Wir werden dir niemals genug dafür danken können.“

PawPaw seufzte. „Dann kann ich nur hoffen, dass ihr auch weiterhin so gut auf euch aufpasst wie bisher. Damit tut ihr mir den größten Gefallen. Und jetzt müsst ihr wirklich los.“ Sie blickte zum Himmel empor. „Der Mond scheint sehr hell, sodass ihr so lange fahren könnt, wie ihr wollt. Wenn ihr nicht zu müde seid, könnt ihr Jinan vermutlich bei Sonnenaufgang erreichen. Das wäre das Beste. Je länger ihr bei Tag auf dem Wasser unterwegs seid, desto größer ist die Chance, dass euch jemand sieht und erkennt.“

„Verstehe“, sagte Hok.

„Ich auch“, sagte Seh.

„Na, dann ist ja alles gesagt“, schloss PawPaw. Sie trat zwischen Hok und Seh, legte jeweils einen Arm um sie und drückte beide an sich. „Ich hoffe, wir werden uns eines Tages wiedersehen.“

„Bestimmt“, sagte Hok und wischte sich Tränen aus den Augen. „Dafür sorge ich.“

„Ich auch“, sagte Seh mit belegter Stimme.

PawPaw half Seh ins Boot. Hok und PawPaw drückten das Boot vom Ufer ab, und Hok sprang an Bord. Sie drehte sich zu PawPaw um und nickte ihr noch einmal zu. Die alte Frau verneigte sich, dann wandte sie sich um und ging zu ihrem Haus auf dem Hügel zurück.

Hok blickte ihr traurig hinterher. Sie würde PawPaw schrecklich vermissen.

Dann griff sie nach dem langen Stab und steuerte das Boot in die Flussmitte.

鶴

Kapitel 25

„Malao!“, sagte Fu. „Kannst du mich hören?“

Malao stöhnte laut und schlug die Augen auf. „Oje ...“, murmelte er. „Wo ... wo sind wir?“

„Das weiß ich auch nicht so genau“, antwortete Fu.

„Ist es ... Tag oder Nacht?“, fragte Malao. Er blickte sich verschlafen in dem stockfinsteren Raum um.

„Keine Ahnung“, sagte Fu. „Ohne Fenster lässt sich das schwer sagen.“

„Oh“, jammerte Malao. „Mir tut alles weh. Wie lange habe ich denn auf diesem harten Boden gelegen?“

„Ungefähr einen Monat lang“, antwortete Fu.

„Einen Monat!“ Malao setzte sich abrupt auf. Er stieß mit dem Kopf gegen einen Bambusstab. „Aua!“, rief er. „He, was ... was ist hier eigentlich los? Ist das etwa wieder einer von deinen schlechten Scherzen?“

„Schön wär's“, erwiderte Fu. „Wir sind in einem Käfig. Weißt du das nicht mehr?“

„Nein“, sagte Malao und rieb sich den Kopf. „Ich weiß nur noch, dass ich lauter seltsame Sachen geträumt habe. Du wirst mich für verrückt erklären. Ich habe von einer Kobra, einer Gottesanbeterin, einer Kröte und einem –“ Malao hielt inne und starrte in Fus Richtung.

„Und sogar von einem Tiger geträumt. Ich war mit ihm in einem Käfig eingesperrt."

„Das war kein Traum, Malao. Man hat dich betäubt."

„Betäubt?"

Fu nickte in der Dunkelheit. „HaMo hat dir jeden Tag ein bisschen von einem Pulver ins Gesicht gestreut. Er nannte es Schlafmohn."

„Ach deshalb ...", sagte Malao gedehnt. „Ich habe von einer Kröte geträumt, die mir etwas unter die Nase gerieben hat. Und das war tatsächlich so?"

„Ja."

„Ich habe auch geträumt, dass mich eine Kobra auf einem Drachenboot in Kaifeng gewürgt hat, bis ich bewusstlos wurde", fuhr Malao fort. „Ist das etwa auch –"

„... wirklich passiert, so ist es", ergänzte Fu. „Hok, Seh und ich und außerdem Cheen und Sum von der Räuberfestung haben versucht, dich zu befreien. Du wurdest von HaMo entführt. Tonglong und AnGangseh sind ebenfalls aufgetaucht. Deshalb haben sie mich auch noch erwischt."

„Oh nein", sagte Malao. „Das tut mir leid."

Fu zuckte die Schultern.

„Und wo sind jetzt die anderen?", fragte Malao.

„Keine Ahnung."

„Hoffentlich geht es ihnen gut", murmelte Malao.

„Ja, hoffentlich." Fu nickte.

Malao gähnte. „Ich bin immer noch schrecklich müde. Außerdem ist mir schwindlig. Geht es dir auch so?"

„Nein. Anfangs hat HaMo versucht, mich auch mit dem Zeug zu bestreuen, aber ich habe ihn nicht in meine Nähe gelassen. Er hat versucht, mir heimlich etwas Schlafmohn in mein Essen zu mischen, aber ich habe es sofort gerochen. Ich habe die Mahlzeiten nicht angerührt, und nach ein paar Tagen hat er mir wieder ganz normales Essen hingestellt."

„Was?", fragte Malao beeindruckt. „Du hast mehrere Tage nichts gegessen? Ich hätte nie gedacht, dass du das schaffst!" Er kicherte schwach.

„Das ist nicht witzig, Malao. Ich bin wirklich froh, dass du endlich wieder zu dir gekommen bist, aber spar dir deine Witze lieber für später."

Malao hörte auf zu kichern. „Tut mir leid, Miezekatze." Er streckte sich und stöhnte laut. „Mir tut jeder einzelne Knochen weh. Wenn ich doch die ganze Zeit nur herumgelegen habe, warum habe ich dann jetzt solche Schmerzen?"

„Weil du dich kaum bewegt hast", antwortete Fu. „Die Muskeln verkrampfen, wenn man sie längere Zeit nicht benutzt. HaMo hat dich ein paar Mal aus dem Käfig geholt und ein paar Übungen mit deinen Armen und Beinen gemacht, aber das war wahrscheinlich nicht genug. Vielleicht hast du ja auch Schmerzen von den Übungen. Er hat dich nämlich hin und her gebogen wie eine Stoffpuppe."

„Ich glaube, daran erinnere ich mich", sagte Malao düster. „Und ich weiß auch noch, dass ich einen eigenen Käfig hatte. Warum bin ich dann plötzlich hier bei dir?"

„HaMo hat uns hier vor eineinhalb Tagen reingesteckt. Davor waren wir im gleichen Raum, aber in verschiedenen Kisten eingesperrt."

„Sagtest du Kisten?“, fragte Malao.

„Ja, sie haben nach Obst gerochen“, sagte Fu. „Vielleicht Äpfel. Jedenfalls habe ich es nicht geschafft, sie aufzubrechen. Sie waren zu stabil.“

Malao kratzte sich am Kopf. „Sind wir etwa auf einer Obstplantage?“

„Nein, wir befinden uns in einer Stadt namens Jinan. HaMo hat uns in die Kisten verfrachtet und zusammen mit irgendwelchen Nahrungsmitteln den Gelben Fluss hinuntergeschippert.“

Malao schluckte. „Glaubst du etwa, wir werden hier zu ... Fleischklößen verarbeitet?“

„Ich weiß es nicht. Sie haben uns mehrmals als ‚Frischfleisch‘ bezeichnet. Auf dem Weg in diesen Raum sind wir an anderen Männern vorbeigekommen, die auch in Käfigen saßen.“

Malao schauderte. „Wen meinst du denn mit ‚sie‘? Doch hoffentlich nicht dieses verrückte alte Paar von der *Goldenen Reisschale?*“

Fu schüttelte den Kopf. „Nein, ich meine HaMo und seine Helfer.“

Malao kratzte sich erneut am Kopf. „Aber warum haben sie uns plötzlich zusammen eingesperrt?“

„Wahrscheinlich haben sie irgendetwas mit uns vor“, sagte Fu. „Als sie dich zu mir gebracht haben, haben sie aufgehört, dir Betäubungsmittel zu geben. Wahrscheinlich sollen wir irgendetwas für sie tun.“

„Oder sie wollen uns essen!“, stöhnte Malao. „Wahrscheinlich wollen sie, dass zuerst die Betäubungsmittel aus meinem Körper verschwinden, ehe sie mich in Stücke hacken und ...“, seine Stimme versagte. „Wir müssen hier raus, Fu.“

„Ich weiß.“

„Hast du’s schon versucht?“

„Schon mehrmals“, antwortete Fu. „Ich habe nicht nur versucht, aus den Bambuskisten herauszukommen, sondern auch aus diesem Käfig. Aber das Bambusholz ist einfach zu stabil. Zuerst wollte ich die Männer angreifen, als sie dich zu mir gebracht haben, aber dabei standen die ganze Zeit mehrere Wachen mit Speeren um ums herum. Außerdem hatten sie mir zwei Seile um den Hals gebunden. Ich hatte keine Chance. Ich –“ Fu brach mitten im Satz ab.

„Was ist denn?“

„Pssst!“, zischte Fu. „Ich höre Schritte.“

„Hierher, Sir!“, rief eine dumpfe Stimme außerhalb des Raumes. „Sic kommen gerade richtig. Der Kleine scheint aufgewacht zu sein, und jetzt überlegen sie gerade, wie sie abhauen könnten!“

„Abhauen?“, wiederholte eine strenge Stimme. „Das werden wir ja sehen.“

Fu und Malao sahen sich in der Finsternis an. Jemand hatte sie die ganze Zeit belauscht. Und außerdem hatten sie beide die Stimme des zweiten Mannes erkannt.

Ein kräftiger Junge öffnete die schwere Tür und stürmte in den dunklen Raum. In seinen Augen spiegelten sich die tanzenden Flammen der Fackel in seinen Händen wider. „Wie schön, dass ihr hier aufgetaucht seid“, zischte er Malao und Fu zu. „Wir erwarten Hunderte von Gästen, und die sind ganz wild auf Frischfleisch!“

Fu und Malao starrten ihn mit offenem Mund an.

Der Junge grinste und wandte sich an die Wache an der Tür. „Lass mich mit den Jungen allein. Ich will sehen, was in ihnen steckt. Eine Viertelstunde dürfte genügen. Und verriegel die Tür gut hinter dir. Falls du Schreie hörst, dann achte nicht darauf. Es wird bald wieder aufhören."

„Verstehe, Sir", sagte der Wachmann mit einem breiten Grinsen. „Frischfleisch schreit immer am lautesten." Er lachte und verbeugte sich, dann trat er aus dem Raum und verschloss die Tür hinter sich.

鶴

Kapitel 26

Hok spähte flussabwärts in die aufgehende Sonne. Hinter ihr und Seh lag eine ereignislose Nacht. Ihnen war auf der ganzen Fahrt nicht ein Boot begegnet, und sie waren problemlos vorangekommen. Bis Jinan konnte es nicht mehr weit sein.

Hoks Magen knurrte, und ihr Blick streifte den großen Korb, den PawPaw ins Boot gestellt hatte. Bisher hatten sie ihn noch nicht angerührt.

„Seh, hast du Hunger?“, fragte Hok.

Seh zuckte kurz zusammen, aber antwortete nicht. Er schlief. Hok beschloss, ihn nicht aufzuwecken.

Sie langte mit dem Fuß nach dem Henkel des Korbes und zog ihn zu sich. Er war erstaunlich schwer. Als sie den Deckel aufklappte, sah sie die beiden großen Hüte, die PawPaw erwähnt hatte, und mehrere Behälter mit getrockneten Früchten und gerösteten Nüssen. Das Essen reichte mindestens für eine Woche.

Hok kramte zwischen den Sachen und achtete gleichzeitig darauf, dass das Boot seinen Kurs in der Flussmitte beibehielt. Ganz unten im Korb entdeckte Hok ein Stück blauen Stoff. Sie griff danach und zog es heraus. Es war eine große Seidentasche, die zu ihrem hellblauen

Kleid passte. Hok öffnete sie und fand eine beachtliche Sammlung getrockneter Kräuter darin. Sie lächelte. PawPaw war einfach die Beste.

Hok streifte sich den langen Träger der Tasche über den Kopf. Dann sah sie zu Seh hinüber. Er hatte sich auf dem Boden des Boots zusammengerollt. Sie betrachtete ihn nachdenklich. Das sanfte Schaukeln auf dem Wasser machte sie noch müder, als sie sowieso schon war, und sie musste aufpassen, dass ihr nicht die Augen zufielen. Sie mussten weiter. Außerdem hatte sie Hunger.

Hok richtete ihren Blick nach vorn. Vor ihr lag eine ungewöhnlich enge Biegung. Hok seufzte und klappte den Korbdeckel wieder zu. Sie würde einen Happen essen, sobald sie das Boot um die Kurve gesteuert hatte und der Fluss wieder breiter wurde.

Hoks Blick wanderte vom Ufer zum Wasser und wieder zum Ufer zurück. Die Strömung war in diesem Abschnitt viel stärker als bisher. Hoffentlich gibt es hier keine Stromschnellen, dachte sie. Sie umschloss das Ruder fest mit beiden Händen.

Als sie das Boot in die Kurve lenkte, tauchte plötzlich ein Hindernis im Wasser auf, mit dem Hok nicht gerechnet hatte. In diesem Moment fuhr auch Seh aus dem Schlaf hoch. Er war sofort hellwach. „Hok!“, flüsterte er. „Ich spüre etwas.“

„Ich weiß“, sagte Hok. „Flusspiraten.“

Hoks Blick glitt über das Ufer vor ihnen. Drei schmale Boote standen quer auf dem Fluss und versperrten den Weg. In jedem Boot saßen vier Männer, die in schwarzen

Stoff gehüllt waren. Das Einzige, was man sah, waren ihre Augen. Sie starrten Hok über ihre Schusswaffen hinweg an.

„Ich spüre jede Menge negative Energie", sagte Seh. „Wie viele Piraten sind es?"

„Zwölf", antwortete Hok. „Und sie haben alle Feuerwaffen."

„Wie stehen unsere Chancen, was glaubst du?", fragte Seh.

„Unsere Chance ist gleich null", antwortete Hok.

Der Pirat im Bug des mittleren Bootes fuchtelte mit dem Gewehr durch die Luft. „Steuer das Boot zu mir!", befahl er.

„Was sollen wir jetzt tun?", flüsterte sie Seh zu.

„Mach, was sie sagen", antwortete Seh. „Es sei denn, du hast eine bessere Idee."

Hok runzelte die Stirn. Ihr blieb wohl nichts anderes übrig.

Das mittlere Piratenboot war mit dem Bug flussaufwärts verankert, und Hok fuhr genau darauf zu. Die starke Strömung trieb sie schnell voran. Das Piratenboot kam immer näher.

„Fahr langsamer!", rief ihr der Piratenchef zu.

Ich soll langsamer fahren? Wie denn?, fragte sich Hok.

Der Pirat hob sein Gewehr. „Fahr sofort langsamer!"

„Ich weiß nicht, wie das geht!", rief Hok zurück.

„Und das soll ich dir glauben?", erwiderte der Pirat. „Fahr langsamer, und dreh nach backbord."

„Was soll das heißen ‚backbord'?", rief Hok. Sie waren dem Piratenboot schon gefährlich nahe. „Helft mir!"

„Backbord ist links!“, rief der Pirat. „Also nach backbord jetzt, junge Dame! Männer, lichtet den Anker, und fahrt auch nach backbord.“

„Halt dich fest, Seh!“, rief Hok und schob das Ruder mit aller Kraft nach links. Das Boot drehte abrupt nach rechts ab. Sie hatte völlig vergessen, dass man in die entgegengesetzte Richtung steuern musste. Sie würden zusammenstoßen! Hok kniff die Augen zu.

RUMS!

„Was zum Teufel!“, stieß der Piratenchef wütend hervor, als sein Boot heftig zur Seite kippte. Hok machte die Augen wieder auf und sah, wie der Bug ihres Bootes an der Seite des Piratenbootes entlangschrammte. Hok vermied es, den stolpernden Piraten in die Augen zu sehen. Sie waren so nah, dass sie sich hätten berühren können.

Hok spürte, wie sich PawPaws Boot vom Piratenboot löste, und richtete das Ruder wieder gerade. Das Boot gewann an Fahrt und trieb flussabwärts. Seh saß im Bug und klammerte sich mit beiden Händen am Boot fest.

„Hinterher!“, rief der Piratenchef. „Männer am Rand, legt an! Boot eins, feuert!“

Peng! Peng! Peng! Peng!

Vier Schüsse hallten durch die Luft. Zwei Kugeln zischten nur eine Handbreite von Seh entfernt in den Bug des Bootes.

„Nein!“, schrie Hok verzweifelt. Sie blickte zum Boot des Piratenchefs zurück, das immer näher kam. Die anderen drei Männer paddelten wie wild, um sie und Seh einzuholen. Sie hörte, wie sich die Piraten etwas in einer anderen Sprache zuriefen.

„Boot eins! Neu laden!", befahl der Hauptmann.

„Aufhören!", rief Hok. „Bitte! Ich wollte euch nicht rammen! Das war ein Unfall!" Das Piratenboot war fast bei ihnen. Hok sah dem Hauptmann in sein verhülltes Gesicht, und ihre Blicke trafen sich. Sie wäre beinahe aus dem Boot gefallen. Seine Augen waren rund und blau wie der Himmel, genau wie die von Charles.

„Boot zwei, haltet eure Waffen zum Feuern bereit!", brüllte der Hauptmann.

„Nein!", schrie Hok. „Warum tun Sie das?" Die Männer schrien noch mehr in einer fremden Sprache.

„Auf mein Zeichen!", brüllte der Piratenchef.

„NEIN!", schrie Hok. Sie musste sich etwas einfallen lassen. Da sah sie, wie mehrere Piraten zum Himmel deuteten. Ein Schatten flog über sie hinweg. Als Hok aufblickte, sah sie einen großen Kranich, der direkt auf die Piraten, die mit ihren geladenen Gewehren auf sie zielten, zuflog. Der Vogel machte einen verängstigten Eindruck. Wahrscheinlich hatten ihn die Schüsse aufgeschreckt. Eine schwarz-weiße Masse triefte plötzlich zwischen den Schwanzfedern des Vogels hervor, und die Piraten fluchten, als die stinkenden Kleckse auf ihre Köpfe und Schultern klatschten. Einer der Männer schrie etwas, was Hok nicht verstand, bis auf das Wort Kranich.

Hok traute kaum ihren Ohren. Ihr wurde plötzlich klar, dass die Piraten das Wort Kranich weder auf Mandarin noch Kantonesisch gesagt hatten, sondern auf Niederländisch.

Irgendetwas in Hoks Kopf machte klick, und plötzlich

begann sie zu verstehen, was sich die Männer zuriefen. Die Piraten sprachen die Sprache ihres Vaters!

„Bereithalten zum Schießen!", bellte der Piratenchef und hob einen Arm.

„Nee!", rief Hok so laut sie konnte. „Nee! Nee! Nee! Nein! Nein! Nein!"

Der Piratenchef erstarrte, und die Männer sahen sie verwundert an.

Der Piratenchef senkte den Arm und sagte auf Chinesisch zu Hok: „Was hast du da eben gesagt?"

Hok antwortete auf Niederländisch. „Ich sagte Nein!"

Die Augen des Piraten wurden schmal. „Legt am Boot an, Männer", befahl er, und die Piraten steuerten ihr Boot neben PawPaws Kahn.

Hok sah, wie Seh den Bootsrand losließ und beide Hände zu einer Schlangenfaust schloss. Er saß ganz still, nur die Schlange zuckte nervös unter seinem Ärmel.

Der Chef starrte Hok durchdringend an und sprach auf Niederländisch weiter: „Du verstehst mich also, Mädchen?"

„Ja ...", antwortete Hok und versuchte sich verzweifelt an die Worte zu erinnern, die sie seit über neun Jahren nicht mehr benutzt hatte. „Ich ... verstehe ein bisschen. Aber Chinesisch kann ich besser."

Der Piratenchef nickte und fuhr auf Chinesisch fort: „Warum hast du vorhin nichts gesagt, als die Männer schon niederländisch sprachen?"

„Ich weiß es nicht", antwortete Hok. „Es ging alles so schnell. Ich habe erst begriffen, dass sie niederländisch sprechen, als der Kranich über uns geflogen ist. Ich habe diese Sprache schon seit vielen Jahre nicht mehr gesprochen."

„Wer hat sie dir beigebracht?", fragte der Piratenchef.

„Mein Vater."

„Und wie ist sein Name, und was macht er?"

„Sein Name ist Henrik", antwortete Hok. „Er ist der Kapitän eines Handelsschiffs."

Der Piratenchef zog die Augenbrauen hoch. Er drehte sich zu seinen Männern um. „Nehmt die Waffen runter!", befahl er. Zu Hok sagte er: „Nimm den Turban ab."

Hok tat, was er sagte. Sie spürte die warmen Strahlen der aufgehenden Sonne auf ihrem Kopf.

Der Piratenchef nickte. Er drehte sich zu den anderen Booten um. „Männer von Boot eins, ihr bleibt hier vor Anker und macht weiter wie üblich. Boot zwei, reinigt euch und das Boot vom Vogelkot, und kommt dann wieder zurück." Er richtete den Blick auf die Männer in seinem Boot. „Ihr drei kommt mit mir. Ich glaube, wir haben hier etwas ganz Besonderes geangelt."

„Aye aye, Sir!", antworteten die Männer.

Der Piratenchef wandte sich an Hok. „Glaubst du, du schaffst es, uns mit deinem Boot zu folgen, ohne uns zu rammen?"

Hok errötete. „Ich kann's ja versuchen."

„Dann komm", sagte der Piratenchef. „Ich kenne jemanden, der sich sehr freuen wird, dich zu sehen."

鶴

Kapitel 27

Zwei Stunden später versuchte Hok, ihr Boot zwischen unzähligen anderen Booten hindurchzusteuern. Riesige Segelschiffe und winzige Einmannboote drängten sich um die begrenzten Anlegeplätze am Kai von Jinan.

Hok folgte dem Piratenhauptmann so dicht wie möglich und versuchte, ihn nicht noch einmal zu rammen. Sie war zugleich erleichtert und besorgt, als sie sah, wie er eine freie Anlegestelle ansteuerte, die von mehreren großen fremdländisch aussehenden Männern bewacht wurde. Es schien ein Privatplatz zu sein, denn es lagen keine anderen Boote in der Nähe, also würde das Anlegen leicht sein. Andererseits trugen die Männer alle Schusswaffen und deuteten wild gestikulierend auf sie und Seh. Einer von ihnen rannte von der Anlegestelle zu einer belebten Straße, die parallel zum Kai verlief.

Der Piratenhauptmann lenkte sein Boot ans Ende der Anlegestelle und kletterte eine kurze Leiter empor, während seine Männer das Boot festmachten. Er bedeutete Hok, ihr Boot am anderen Ende des Anlegeplatzes anzubinden. Als Hok näher kam, gab ihr der Hauptmann einfache Anweisungen, wie sie sich mit der Längsseite der Anlegestelle nähern musste. Es war ziemlich schwierig, nicht nur, weil sie das noch nie gemacht hatte, sondern auch, weil sie Angst hatte. Sie musste die ganze Zeit daran denken, was der Räuberhauptmann gesagt hatte: Er kenne jemanden, der sich sehr freuen würde, sie zu sehen.

PawPaws Boot stieß gegen einen der mächtigen Pfosten des Piers, und der Piratenhauptmann vertäute das Boot mit dicken Seilen. Hok betrachtete neugierig das Gesicht des Mannes. Er hatte seine Maske schon vor einer Stunde abgezogen, doch erst jetzt konnte sie ihn zum ersten Mal genau sehen. Sie war überrascht, dass er so ein freundliches Gesicht hatte.

Als der Hauptmann fertig war, half er Hok an Land. Sie beugte sich zu Seh hinüber und reichte ihm die Hand. Der Hauptmann warf ihr einen fragenden Blick zu.

„Er ist blind“, sagte Hok. Sie sah, wie sich Sehs Kinnmuskeln anspannten.

„Tatsächlich?“, sagte der Hauptmann. „Darauf wäre ich nie gekommen. Er wirkt so ... sicher. Ich werde ihm heraushelfen.“

Der Hauptmann beugte sich vor und griff nach Sehs Arm, doch Seh zuckte zurück. Gleichzeitig schnellte der Kopf der Schlange aus seinem Ärmel und zischte den Pirat an.

Der Pirat wich zurück. „Was zum Teufel ...!“

„Ich komme schon allein zurecht, danke“, sagte Seh.

Er kletterte flink ohne fremde Hilfe an Land. Der Pirat beobachtete ihn verblüfft.

Sehs Schlange verzog sich wieder unter dem Gewand, und Seh blickte in Hoks Richtung. „Gehen wir?“, fragte er. „Ich bin so weit.“

„Ja, einen kleinen Moment noch“, sagte Hok. Sie kniete sich auf den Boden und angelte den Turban aus dem Boot. Außerdem klappte sie den Korbdeckel hoch und holte einen der großen Hüte und einen Behälter mit getrockneten Früchten heraus. Dann klappte sie den Deckel wieder zu und stand auf.

„Hier“, sagte Hok und stülpte Seh den Hut über sein dichtes schwarzes Haar. „Damit man dich nicht sofort erkennt. Sicher ist sicher.“

„Ja, Vorsicht ist besser als Nachsicht“, meinte Seh und zog sich den Hut tief über die Augen.

„Gute Idee“, meinte der Pirat.

Hok band sich den Turban um ihr stoppeliges braunes Haar und blickte noch einmal auf PawPaws Boot.

„Ein schönes Boot habt ihr da“, meinte der Piratenhauptmann. „Alt, aber sehr stabil, wie man bei deinem Manöver vorhin gesehen hat. Meine Männer passen auf das Boot und den Korb auf.“

„Danke“, sagte Hok. Sie streckte sich und sah sich neugierig um. Am Kai lagen viel mehr große Schiffe, als sie gedacht hatte. Schließlich waren sie immer noch ein gutes Stück vom Meer entfernt. Die Schiffe wurden entweder mit Waren be- oder entladen. Es war das reinste Händlerparadies. Aber eigentlich interessierte sich Hok weniger für die Handelsschiffe mit ihren großen mit Bambus verstärkten Segeln. Sie suchte gespannt nach dem fremdländisch aussehenden Schiff ihres Vaters mit den vielen Masten und geblähten Segeln. Aber leider konnte sie kein Schiff entdecken, das dem Bild in ihrem Kopf glich.

„Alles in Ordnung, Hok?“, erkundigte sich Seh. „Ich spüre, dass du angespannt bist.“

„Ich bin nur ein bisschen nervös“, antwortete Hok. „Ich habe meinen Vater zum letzten Mal gesehen, als ich drei Jahre alt war.“

„Deinen Vater?“, sagte der Piratenhauptmann. „Wie kommst du darauf, dass er hier ist?“

Hok errötete. „Heißt das, er ist gar nicht hier?“

„Nein. Er ist unterwegs.“

„Aber Sie haben doch gesagt –“

„Stimmt, ich sagte, ich kenne jemanden, der sich sehr freuen wird, dich zu sehen“, fiel ihr der Hauptmann ins Wort. „Aber ich habe nie behauptet, dass ich damit deinen Vater meine.“

„Ich hoffe nur, das ist kein schlechter Scherz“, sagte Seh. „Kennen Sie ihren Vater überhaupt?“

Der Hauptmann lachte. „Ob ich ihren Vater kenne? Ich bin sein Offizier!“

Hok starrte den Mann an. „Aber das würde ja bedeuten, dass mein Vater ein ...“

„... Pirat ist?“, ergänzte der Hauptmann.

„Ja“, sagte Hok. „Das kann nicht sein.“

„Nein?“, sagte der Piratenhauptmann. Er deutete zu der belebten Straße. „Wie wär's, wenn du ihn fragst? Ihn habe ich vorhin gemeint.“

Eine vertraute Stimme rief Hoks Namen mit starkem ausländischen Akzent. Als sie aufblickte, sah sie, wie ein blasser Junge auf sie zulief.

„Ist das Charles?“, fragte Seh.

„Ja“, antwortete Hok.

Der Hauptmann räusperte sich. „Ihr drei habt euch bestimmt eine Menge zu erzählen. Ich lasse euch jetzt allein. Freut mich, euch kennengelernt zu haben." Er nickte und ging mit zwei seiner Männer in Richtung der belebten Straße davon. Im Vorbeigehen nickte er Charles zu, und dieser nickte zurück.

Hok verbarg das Gesicht in ihren Händen. „Ich kann es einfach nicht glauben, Seh. Mein Vater ist ein Piratenkapitän."

„Ich weiß nicht, ob das für dich ein Trost ist", erwiderte Seh. „Aber das ist immer noch besser als das, was meine Mutter getan hat."

Hok schüttelte den Kopf. Sie wusste nicht, ob sie lachen oder weinen sollte.

„Da kommt Charles", sagte Seh.

Hok hob den Kopf und sah Charles näher kommen. Sie spürte seine schweren Schritte auf dem Dock. Seh hatte sie wohl auch gespürt.

Charles blieb keuchend vor Hok stehen. Als er wieder Atem geschöpft hatte, sagte er: „Ich bin ja so froh, dass du da bist!"

Hok runzelte die Stirn. „Ich freue mich auch, dich zu sehen, glaube ich."

Charles zog die Augenbrauen zusammen. „Du klingst aber nicht sonderlich erfreut. Stimmt was nicht?"

„Du bist ein Pirat, Charles", sagte Hok. „Warum hast du mir das nie erzählt?"

„Ich ... ich weiß es nicht", antwortete Charles. „Ich dachte, du wüsstest es längst."

„Nein, wusste ich nicht", sagte Hok. „Meine Mutter

hat mir gesagt, dass du und mein Vater für den Widerstand kämpft. Sie sagte, ihr transportiert Waren."

„Tun wir auch", sagte Charles. „Wir transportieren Waffen. Das wusstest du doch, oder?"

„Ja. Na und?", sagte Hok.

„Es sind Waffenlieferungen, die wir auf dem Gelben Fluss abfangen", sagte Charles. „Die Lieferungen sind für die Truppen des Kaisers bestimmt. Wir beschlagnahmen die Waffen, mit denen normalerweise unschuldige Dorfbewohner und Kriegermönche getötet werden und –"

„Und was macht ihr mit den Waffen?", unterbrach ihn Hok mit eisigem Ton.

„Bis jetzt noch gar nichts", antwortete Charles.

„Nichts?", wiederholte Hok. Sie deutete auf die Einschusslöcher in PawPaws Boot. „Das nennst du also nichts?"

Charles blickte auf die Schusslöcher, und sein blasses Gesicht wurde noch bleicher. „Das tut mir leid, Hok. Das wusste ich nicht."

„Natürlich nicht", sagte Hok. „Erzähl mir bloß nicht, dass du und deine Piratenfreunde nichts mit den Waffen macht, die ihr stehlt. Du willst mich wohl für dumm verkaufen."

„He", sagte Charles. „Ich versuche mich doch gerade dafür zu entschuldigen. Manchmal machen Menschen auch Fehler. Normalerweise schießen unsere Männer nur auf Leute, wenn diese zuerst angreifen." Er blickte noch einmal auf PawPaws Boot. „Wie kommt es, dass dein Boot am Bug so beschädigt ist?"

„Wir hatten einen kleinen Zusammenstoß", antwortete Seh.

„Ach so", sagte Charles. Er wandte sich wieder an Hok. „Nur zu deiner Information: Die Räuber benutzen auch unsere Waffen. Komischerweise scheinst du ein Problem mit Piraten, aber nicht mit Räubern zu haben. Dabei machen wir im Grunde das Gleiche. Am besten lässt du dir das mal von deinem Vater erklären. Er ist im Moment geschäftlich unterwegs, aber er kommt bald zurück."

Hok sah Charles wütend an. Sie wollte gerne mehr wissen, aber sie wollte nicht fragen.

Charles blickte zu den bewaffneten Männern an der Anlegestelle hinüber und seufzte. Er beugte sich zu Hok vor und fuhr mit gesenkter Stimme fort. „Wir behalten ein paar Waffen für unsere eigenen Zwecke, aber die meisten geben wir an Mitglieder der Widerstandsbewegung in anderen Regionen weiter. Sie legen einen Vorrat an."

Seh trat näher zu Hok und hielt ihren Arm fest. „Warum liegt dir eigentlich so viel an diesem Widerstand, Charles?", fragte er leise.

„Genau", sagte Hok. „Dir könnte das doch eigentlich egal sein!"

Charles sah sie gekränkt an. „Ist es mir aber nicht. Weil es deinem Vater nicht egal ist, Hok. Er hat mehr für mich getan, als du dir vorstellen kannst. Und falls du auch noch wissen willst, warum *er* für den Widerstand kämpft, dann kann ich dir das auch noch sagen: wegen deiner Mutter! So, und wenn du noch mehr wissen willst, fragst du am besten Bing selbst. Ich will dir doch nur helfen."

Hok runzelte die Stirn.

„Und deinen Brüdern auch", fuhr Charles fort. „Was glaubst du wohl, was ich hier in Jinan mache? Schau." Er hielt ihr eine Pergamentrolle entgegen.

„Diese Aushänge hängen an sämtlichen Anschlagbrettern von Jinan", sagte Charles. „Die Männer deines Vaters haben sie gesehen und deiner Mutter und mir eine Nachricht zukommen lassen. Ich habe beschlossen, herzukommen und zu versuchen, ob ich irgendwie helfen kann."

Charles entrollte das Dokument, und Hok riss erstaunt die Augen auf.

„Was steht drauf?", wollte Seh wissen.

Charles blickte Seh misstrauisch an. „Wieso, kannst du das nicht selbst lesen?"

„Seh hat im Moment Probleme mit seinen Augen", erklärte ihm Hok.

„Oh", erwiderte Charles. „Das tut mir leid. Ist hoffentlich nichts Schlimmes, Seh?"

„Nicht der Rede wert", sagte Seh. „Lies mir lieber vor, was auf dem Plakat steht."

HEUTE ABEND NEUES FRISCHFLEISCH

Achtung:

Zwei heimtückische junge Staatsfeinde wurden gefangen genommen. Gemäß eines speziellen Erlasses des Obersten Gerichtes des Kaisers werden die Gefangenen ihre Strafe bei der großen Kampfveranstaltung im Jinan-

Kampfklub erhalten. Alle bekannten Kämpfer werden da sein! Liebhaber brutaler Szenen werden auf ihre Kosten kommen. Tote sind nicht ausgeschlossen! Das dürfen Sie auf keinen Fall verpassen!

Ihr verehrter Gastgeber und Kampfveranstalter
LaoShu (Ratte)

„Fu und Malao?“, fragte Seh.

„Ja“, antwortete Hok. „Auf dem Plakat ist auch eine Skizze von ihnen.“

„Das klingt aber gar nicht gut“, meinte Seh.

„Nein, tut es nicht“, bestätigte Charles. „LaoShu ist ein böser Mann.“

„Dann sollten wir uns schnellstens was einfallen lassen“, sagte Seh.

„Ja“, nickte Hok. „Aber zuerst muss ich dir noch was anderes sagen, Seh. Da ist noch eine dritte Zeichnung auf dem Plakat.“ Sie deutete auf das Pergament. „Charles, weißt du, wer das ist?“

„Natürlich“, antwortete Charles. „Jeder in Jinan weiß das. Das ist der Goldene Drache, der derzeitige Champion im Jinan-Kampfklub. Die Zuschauer können nicht genug von ihm bekommen. Warum fragst du?“

„Weil wir ihn auch kennen“, sagte Hok. „Es ist unser Bruder Long.“

鶴

Kapitel 28

Malao und Fu saßen nebeneinander im Käfig und starrten mit offenem Mund durch die Bambusstäbe. In der Mitte des düsteren Raumes stand ihr dreizehnjähriger Bruder Long mit einer brennenden Fackel in der Hand. Er trug ein grünes Seidengewand und rote Seidenhosen mit passender Schärpe – das was die Uniform des neuen Kaisers. Longs Muskeln zeichneten sich unter dem Stoff ab.

Malao grinste schwach. „Der Wachmann hat mich gerade als ‚Frischfleisch' bezeichnet. Der kennt mich wohl noch nicht so gut." Malao streckte einen seiner stinkenden Füße in die Luft und wackelte mit den schmutzigen Zehen. „Wenn das frisch sein soll, dann weiß ich auch nicht!" Er kicherte.

„Verkneif dir deine Witze, Gefangener", befahl Long barsch. Er zwinkerte seinen Brüdern zu und deutete mit der Fackel auf die verschlossene Tür.

Fu beugte sich zu Malao vor. „Mensch, Malao!", flüsterte er ihm ins Ohr, „die Wache hat doch vorhin durch die geschlossene Tür alles mitgehört, worüber wir geredet haben. Also sei gefälligst leise!"

Malao setzte seinen Fuß wieder auf dem Boden ab.

Long trat zu ihnen und kniete sich vor Fu und Malaos Käfig. „Alles in Ordnung, ihr beiden?“, flüsterte er.

Fu senkte seine Stimme zu einem leisen Grummeln. „Mir geht es gut, aber Malao fühlt sich noch etwas benommen. Er wurde über einen Monat betäubt. Er ist erst vor Kurzem wieder wach geworden.“

„Neuankömmlinge werden hier oft betäubt“, bestätigte Long. Er sah Malao an. „Du wirst wahrscheinlich ein paar unangenehme Nächte verbringen, aber dann bist du wieder ganz der Alte, keine Sorge. Du musst das Betäubungsmittel aus deinem Körper herausschwitzen.“

Malao nickte. „Wo sind wir hier?“

„In einem Gefängnis“, antwortete Long. „Zumindest ist die Unterhälfte des Gebäudes eines. Im oberen Teil befindet sich ein gigantischer Saal mit einer riesigen Vertiefung in der Mitte. Sie reicht bis hier herunter. Ihr werdet es leider bald mit eigenen Augen sehen.“

„Was soll das heißen – ‚leider‘?“, fragte Fu. „Was ist das denn für eine Vertiefung?“

„Ein Art Kampfring“, antwortete Long. „Die Leute kommen von überall her, um sich die Kämpfe anzusehen und zu wetten. Es ist ziemlich brutal. Manche prügeln ihre Gegner zu Tode.“

Malao schluckte. „Diese reichen Leute essen die ... ähm ... Verlierer aber nicht, oder?“

„Nein“, sagte Long. „Wie kommst du denn darauf?“

„Vergiss es“, sagte Fu. „Sag uns lieber, warum uns der Wachmann ‚Frischfleisch‘ genannt hat.“

„So werden die Gefangenen bezeichnet, die zum ersten Mal zum Kampf antreten“, antwortete Long.

„Soll das heißen, wir müssen da auch mitmachen?“, fragte Malao.

„Ich fürchte, ja“, antwortete Long. „Ich kann euch hier leider nicht rausholen. Das Gefängnis ist zu gut bewacht. Aber wenn ihr bei den Kämpfen gewinnt, werdet ihr freigelassen und von allem freigesprochen. Ihr beiden wurdet als Staatsfeinde hergebracht, das kommt hier ziemlich oft vor. In einem Jahr könntet ihr hier raus sein, vorausgesetzt, ihr gewinnt immer.“

„In einem Jahr!“, wiederholte Malao entsetzt.

„Psst“, zischte Long. „Ich werde tun, was ich kann, um euch zu helfen, aber mir sind die Hände gebunden. Wie gesagt, das Gefängnis wird sehr gut bewacht.“

„Und was machst du hier?“, fragte Fu.

„Ein Besucher des Großmeisters hat mal von diesem Kampfklub erzählt“, antwortete Long. „Nach dem Angriff auf unser Kloster bin ich sofort hierhergekommen. Der Leiter, ein gewisser LaoShu, denkt, dass ich aus der Gegend komme. Er hat keine Ahnung, dass ich ein Cangzhen-Mönch bin, und das soll auch so bleiben.“

„Und was willst du hier?“, fragte Malao verwundert.

„Gefangene kämpfen um ihre Freiheit“, sagte Long. „Freiwillige können in die Armee des Kaisers aufgenommen werden, je nachdem, wie gut sie abschneiden. Diese Art von Kampfklubs gibt es in mehreren Regionen. Und jedes Jahr treten die besten Kämpfer der einzelnen Klubs gegeneinander an. Der Gewinner bekommt einen Militärposten. Auf diese Weise ist es Ying gelungen, so schnell und trotz seines jungen Alters zum Major des Kaisers zu werden. Ich will das Gleiche erreichen.“

Fu kratzte sich am Kopf. „Aber warum denn das?“

„Der Großmeister hat uns gesagt, wir sollen Ying und das Herz des Kaisers ändern“, erklärte Long. „Ich dachte, dies sei der beste Weg, sich ihnen anzunähern. Es war nicht leicht, aber bis jetzt hat es funktioniert. Ich bin zur Zeit der beste Kämpfer hier, deshalb trage ich diese Uniform und habe Zugang zu euch. Es ist meine Aufgabe, die Gefangenen einzuschätzen. LaoShu organisiert die Kämpfe. Er heißt nicht umsonst Ratte, denn er ist sehr schlau. Er hat euch in die höchste Kategorie eingestuft.“

„Aber warum bist du dann überhaupt hier, wenn du uns gar nicht mehr bewerten musst?“, fragte Malao.

Fu knurrte. „Er ist gekommen, um uns zu sagen, dass wir bald kämpfen müssen, hab ich recht, Long?“

Long nickte. „Deshalb hat Malao auch kein Betäubungsmittel mehr bekommen.“

„Na, toll“, sagte Malao. „Irgend so ein Kerl, den ich noch nie gesehen habe, wird versuchen, mich zu Brei zu schlagen, damit er Soldat spielen kann.“ Er rieb sich die Schläfen. „Ich fühle mich immer noch ein bisschen benebelt. Das ist unfair. Warum hat man uns überhaupt gefangen genommen und hierhergebracht? War eine Belohnung auf uns ausgesetzt, oder was?“

„Ja, auf unsere Köpfe ist eine Belohnung ausgesetzt“, bestätigte Long. „Das haben wir Ying zu verdanken. Zum Glück hat mich bis jetzt keiner erkannt. Auf Hok ist sogar eine besonders hohe Belohnung ausgesetzt, weil sie angeblich etwas mit dem Angriff auf das Shaolinkloster zu tun haben soll. Habt ihr sie zufällig getroffen?“

„Ja, sie war eine Zeitlang bei uns“, antwortete Fu. „Und

Seh auch. Allerdings wissen wir nicht, was mit ihnen passiert ist, nachdem wir gefangen wurden."

„Hoffentlich geht es ihnen gut", sagte Long. „Wenn man sie erwischt, werden sie wohl auch hier landen."

„Wegen der Belohnung?", fragte Fu.

„Ja, und wegen der Wetten", antwortete Long. „Ein Mann namens HaMo hat euch abgeliefert. Er hat bereits hohe Wetten auf euch abgeschlossen. Wenn ihr beide gewinnt, wird er ein reicher Mann sein."

Malao sah Long im flackernden Schein der Fackel an. „Meinst du, wir werden gewinnen?"

„Ich will euch nichts vormachen", sagte Long. „Die Kämpfe hier sind ziemlich hart. Die meisten Kämpfer benutzen eine Kombination aus einfachen, aber wirkungsvollen Techniken aus allen möglichen Kampfstilen, und alle schummeln. Es gibt keine Regeln. Klammern ist hier ziemlich verbreitet, also übt ihr am besten ein paar Befreiungstechniken, solange ihr noch Zeit dazu habt."

„Und gegen wen treten wir an?", fragte Fu weiter.

„Das steht noch nicht fest", sagte Long. „Das erfahrt ihr erst unmittelbar vor dem Kampf. Am besten fangt ihr sofort mit dem Üben an. Aber überanstrengt euch nicht. Ganz locker."

„Ganz locker?", wiederholte Malao. „Du bist gut." Er rieb sich den Kopf. „Wann soll's denn losgehen?"

Long runzelte die Stirn. „Heute Abend."

鶴

Kapitel 29

„Schau dir das an“, sagte AnGangseh und deutete auf das Plakat auf der Anschlagtafel am Hafen von Jinan. „Du hast recht. HaMo hat die Jungen hierhergebracht.“

„Hier steht, dass heute Abend Kämpfe stattfinden“, sagte Tonglong. „Wir sollten uns beeilen.“

„Weißt du noch, wie man zum Kampfklub kommt?“, fragte AnGangseh.

„Natürlich“, sagte Tonglong. „Es ist doch erst zwei Jahre her, seit ich die Meisterschaft gewonnen habe.“

AnGangseh lächelte. „Du warst an diesem Abend wirklich unschlagbar. Vielleicht kannst du ja einige deiner Techniken an deinem Bruder Ssseh ausprobieren.“

„Falls er überhaupt da ist“, sagte Tonglong. „Vielleicht hat er das Flussbad nicht überlebt.“

„Er hat überlebt“, sagte AnGangseh. „Das Mädchen ist ihm gefolgt. Sie ist ssstark und ssschlau. Und Glück hat sie auch noch. Ich habe das untrügliche Gefühl, dass wir sie beide im Kampfklub antreffen werden.“

Tonglong spielte gedankenverloren mit dem kleinen grünen Kranich um seinen Hals. Er lächelte kalt.

鶴

Kapitel 30

Hok, Seh und Charles kamen erst am frühen Abend am Jinan-Kampfklub an. Vom Hafen bis zu dem Gebäude war es zwar nicht allzu weit, doch in der Stadt wimmelte es nur so von Menschen – es war noch schlimmer als in Kaifeng. Hok hatte noch nie in ihrem Leben so viele Menschen an einem Ort gesehen.

Als sie endlich vor dem Gebäude des Kampfklubs anlangten, erwartete sie eine unglaublich lange Menschenschlange. Die Türsteher schienen es ganz besonders genau zu nehmen, wen sie hineinließen und wen nicht. Viele wurden abgewiesen.

Hok rückte ihren eleganten Turban auf dem Kopf zurecht und strich ihr Kleid glatt. Sie schob die Tasche mit den getrockneten Kräutern nach vorn, damit sie diese im Blick hatte. Charles hatte ihr versichert, dass man sie gewiss hineinließe. Hoffentlich hatte er recht.

Hok blickte auf Sehs wulstigen Bauch. Unter seinem grauen Bauerngewand hatte er sich ein langes Seil mehrmals um die Hüfte geschlungen. Es sollte seine Statur verbergen und ihnen bei ihrem Fluchtversuch helfen. Sehs Schlange hatte sich unter seinem Ärmel eng um seinen linken Vorderarm geschlungen und war kaum zu bemerken. Nachdenklich betrachtete Hok Sehs großen Hut, den er immer noch tief ins Gesicht gezogen hatte. Sie war sich ziemlich sicher, dass man weder sie noch Seh mit ihren Kopfbedeckungen erkennen würde. Sie sahen viel älter aus als zwölf. Dennoch hoffte sie inständig, dass das Alter beim Einlass keine Rolle spielte.

Als sie endlich an der Reihe waren, stellte Hok erleichtert fest, dass sie sich umsonst den Kopf zerbrochen hatte. Charles hatte Sehs Geldbeutel an seine eigene Schärpe gebunden und streckte dem Türsteher den zehnfachen Betrag des Eintrittsgeldes hin. Daraufhin ließ dieser sie sofort ein, ohne ihnen weitere Fragen zu stellen. Charles steckte einem Helfer, der an der Tür saß, nochmals Geld zu.

Der Mann führte sie tief ins Innere des Kampfklubs. Sie passierten zahlreiche Reihen mit Sitzplätzen, die nach unten bis zu einer großen, kreisrunden Öffnung in der Mitte des riesigen Raumes langsam abfielen. Seh hielt sich an Hoks Arm fest und ließ ihn nicht wieder los.

Während sie sich einen Weg durch die Menge bahnten, fiel Hok plötzlich auf, dass Charles kein einziges Wort gesprochen hatte. Zuvor hatte er ihr erklärt, dass in Jinan das „Geld spreche“. Viele Händler aus dem Ausland erwarben sich bei hiesigen Geschäftsleuten Handelsrechte, indem sie diese zu exklusiven Vorstellungen in den Kampfklub einluden. Charles hatte gesagt, dass sie bestimmt mehrere Tische mit Chinesen in Begleitung von ein oder zwei Langnasen sehen würden. Meistens handelte es sich dabei um einen Kapitän aus dem Ausland mit seinem Kabinensteward oder Diener. Hok sah tatsächlich mehrere davon, und das war gut für sie. So konnte sich Charles bedenkenlos mit ihnen zusammensetzen, ohne aufzufallen.

Sie steuerten auf einen Tisch zu, der direkt am Rand des Kampfrings stand. Charles nickte dem Mann, der sie hereingeführt hatte, zu und steckte ihm noch mehr Geld in die Tasche. Der Mann nickte zurück und ließ sie allein.

Sie standen nun mitten im Jinan-Kampfklub, und Hok sah sich neugierig um. Um die riesige, kreisrunde Öffnung standen kleine, mit dunkelroter Seide bedeckte Holztische. Nach oben hin wurden die Tische immer größer und reichten bis zu den mit Teppichen behängten Wänden. Auf jedem Tisch stand eine Öllampe, deren Schein den gesamten Raum in orangefarbenes Licht tauchte. Der Kampfring selbst wurde von flackernden Fackeln an den Wänden erleuchtet, die schwarzen Rauch verströmten.

Während Hok Seh dabei half, Platz zu nehmen, erklärte Charles, er werde etwas zu essen besorgen.

Hok setzte sich neben Seh. Sie lehnte sich über das dicke Metallgeländer, das den Kampfring umgab, und blickte nach unten. Der eigentliche Kampfplatz sah aus wie eine Arena. Er war über sechs Meter tief und hatte mindestens fünfzig Schritte Durchmesser. Wände und Boden waren aus grobem Ziegelstein. Und dann war da noch eine schwere Eisentür. Die Tür war geschlossen.

„Wie sieht der Kampfring aus?“, erkundigte sich Seh.

„Er ist sehr tief“, antwortete Hok.

Seh tippte sich an den Bauch. „Meinst du, das Seil ist

lang genug?", flüsterte er. „Ich habe es mir sieben Mal umgebunden."

„Es wird auf keinen Fall bis zum Boden reichen", antwortete Hok. „Aber vielleicht klappt es trotzdem. Fu und Malao können beide hochspringen und werden es wahrscheinlich erreichen. Falls wir überhaupt die Gelegenheit haben, es zu ihnen hinunterzuwerfen."

„Jetzt haben wir es so weit geschafft", sagte Seh. „Dann müssen wir zumindest versuchen, sie zu befreien."

„Stimmt", sagte Hok.

In diesem Moment trat Charles zu ihnen an den Tisch. Er trug ein Tablett, auf dem drei kleine Trinkschalen mit Fruchtsaft und Reisbällchen in Lotusblättern standen. Er stellte das Tablett auf dem Tisch ab und ließ sich auf seinen Stuhl fallen. Dann reichte er Seh seinen Beutel mit Geld. „Es ist unfassbar. Ich habe soeben zwei Jahresgehälter ausgegeben."

„Du hast wirklich viele Münzen verbraucht", bestätigte Seh und wog den Beutel in seinen Händen. „Danke. Ohne Augenlicht ist das alles sehr schwierig für mich."

„Kein Problem", sagte Charles. „Es ist sowieso besser, wenn ich mich um alles kümmere, wegen meiner Hautfarbe. Dann sieht es so aus, als würde ich euch einladen." Er hielt inne. „Entschuldige die indiskrete Frage, aber woher hast du so viel Geld?"

„Von meinem Vater", antwortete Seh und befestigte den Beutel wieder an seiner Schärpe. „Ist noch viel davon übrig?"

„Leider nicht", antwortete Charles. „Aber ich dachte, du könntest welches auf Fu und Malao setzen. Wenn du

Glück hast und die beiden gewinnen, bekommst du sogar noch mehr Geld zurück, als du hattest."

„Das ist eine gute Idee", sagte Seh. „Aber ich habe nicht vor, so lange hierzubleiben, bis ich den Gewinn kassieren könnte. Ich behalte lieber das, was ich noch habe. Das Lustige ist, dass ich das Geld ebenfalls bei einem Kampf gewonnen habe, bei dem ich auf Malao gesetzt hatte."

Charles zog die Augenbrauen hoch. „Tatsächlich? Das musst du mir unbedingt erzählen."

„Gern, aber lieber ein andermal", sagte Seh. „Wir sollten so wenig wie möglich reden."

„Stimmt", nickte Charles. Er sah zu einer Ecke des Kampfklubs hinüber, und Hok folgte seinem Blick. Um einen kleinen Tisch drängten sich viele Menschen.

„Ich glaube, ich werde mal einen Blick auf den Wetttisch werfen", sagte Charles. „Vielleicht kann ich in Erfahrung bringen, wann Fu und Malao an der Reihe sind."

„Gute Idee", sagte Hok.

Charles stand auf, und Hok beobachtete, wie er langsam zu der Gruppe von Menschen hinüberging, die Münzenstapel gegen Bambusstäbe mit Schriftzeichen eintauschten. Während sich Charles einen Weg durch die vielen Menschen bahnte, öffnete sich eine Tür in der Wand neben dem Wetttisch. Heraus kam niemand anderes als HaMo, die Hand voller Wettstöcke. Hinter ihm stand ein großer, hagerer Mann mit einer langen, spitzen Nase, kurzen, fettigen Haaren und winzigen, lebhaften Augen. Das konnte nur LaoShu, die Ratte, sein.

Hinter LaoShu betraten zehn Soldaten den Raum. Sie

trugen Schusswaffen und schienen jemanden sehr Wichtigen zu bewachen. Einer der Soldaten fiel Hok besonders auf. Er war drei Köpfe größer als sämtliche Anwesende im Raum. Hok hatte schon öfter große Männer gesehen, unter anderem auch Hung und Mong, aber neben diesem Soldaten waren sie die reinsten Zwerge. Sie konnte kaum glauben, dass ein Mensch überhaupt so groß sein konnte. Der Riese hatte breite, kräftige Schultern, langes schwarzes Haar und ausdruckslose Augen, die kalt wie Stein waren.

Als die Zuschauer im Klub LaoShu und die Soldaten bemerkten, verstummten sie. Sogar die Männer bei den Wetten wurden still.

HaMo löste sich von der Gruppe und setzte sich mit dem Rücken zur Wand an einen kleinen Tisch im hinteren Teil des Raumes. LaoShu und die Soldaten schritten mehrere Stufen abwärts zu einer langen Tafel am Rand des Kampfrings gegenüber von Hok und Seh. Während sich die Gruppe langsam durch den Raum bewegte, begannen die Zuschauer aufgeregt zu tuscheln.

Hok beobachtete die Soldaten neugierig, und schließlich konnte sie einen Blick auf die Person in ihrer Mitte erhaschen. Es war ein Mann in einem leuchtend gelben Gewand. Nur eine Person in ganz China durfte diese Farbe tragen – der Kaiser.

Ein Trommelschlag ertönte, und alle Blicke richteten sich gebannt auf LaoShu, der sich an den Rand des Kampfrings gestellt hatte. Der Kaiser nahm Platz, und sein riesiger Beschützer setzte sich auf den Stuhl rechts von ihm. Auf dem linken Stuhl ließ sich ein zweiter Soldat nieder, und Hok blieb vor Schreck beinahe das Herz stehen. Sie erkannte den kahlköpfigen Mann mit den buschigen Augenbrauen sofort. Es war General Tsung.

„Seh!“, flüsterte Hok atemlos. „General Tsung ist hier! Und der Kaiser auch! Sie sitzen uns genau gegenüber auf der anderen Seite des Rings.“

Seh runzelte die Stirn. „Da werde ich mich mal schön klein machen“, zischte er.

„Ich auch“, sagte Hok und zog sich den Turban tief in die Stirn. „Ich frage mich, wer hier noch alles auftaucht.“

„Das möchte ich lieber gar nicht wissen“, gab Seh zurück.

Charles eilte durch die Tischreihen zu ihnen und setzte sich. „LaoShu wird gleich die Veranstaltung eröffnen“, raunte er.

LaoShu räusperte sich und verkündete mit hoher piepsiger Stimme: „Ich möchte Sie alle im weltberühmten Jinan-Kampfklub willkommen heißen! Ich bin mir sicher, dass es Ihnen bei uns gefallen wird. Heute Abend werden Sie hier ganz besonders interessante Personen antreffen, und zwar sowohl außerhalb als auch innerhalb des Kampfrings. Es ist mir eine große Ehre, den bedeutendsten Gast begrüßen zu dürfen, der dieses bescheidene Haus jemals betreten hat. Meine Damen und Herren, bitte erweisen Sie unserem geliebten Kaiser Kowtow Ihren Respekt!“

Alle Anwesenden einschließlich LaoShu fielen auf die Knie.

„Seh, knie dich schnell hin“, flüsterte Hok. Sie berührten beide dreimal den Boden mit der Stirn. Danach half

Hok Seh wieder in seinen Stuhl und setzte sich auf ihren Platz.

Vor dem Ring erhob sich LaoShu und sprach weiter.

„Außerdem ist es mir ein großes Vergnügen, Ihnen zwei weitere Gäste ankündigen zu dürfen, die hier alles andere als fremd sind. Der erste hat sich bei den kaiserlichen Truppen binnen kürzester Zeit einen Namen gemacht. Ich bitte um einen besonderen Applaus für den Mann, der vor einigen Jahren die Meisterschaft der Kampfklubs gewonnen hat: General Tsung, der Leopardenmönch!"

Die Zuschauer applaudierten begeistert, und Tsung erhob sich und verbeugte sich. Mehrere Zuschauer zeigten auf ihn und winkten. Andere deuteten aufgeregt auf den Riesen zur Rechten des Kaisers.

„Wie ich sehe, haben einige von Ihnen auch schon unseren dritten Ehrengast entdeckt", fuhr LaoShu fort. „Aber den kann man auch nicht übersehen, nicht wahr? Wie die meisten von Ihnen wissen, hat auch er vor einigen Jahren die Meisterschaft gewonnen und ist nun der Leiter der Sicherheitsabteilung des Kaisers und seine persönliche Leibwache. Meine Damen und Herren, begrüßen Sie den gefährlichsten Mann, der jemals diesen Ring betreten hat – Xie, der Skorpion."

Die Zuschauer klatschten noch lauter als bei Tsung, und Seh beugte sich zu Hok hinüber. „Wie sieht dieser Skorpion denn aus?", erkundigte er sich.

„Zum Fürchten", antwortete Hok.

Die Menge beruhigte sich wieder, und LaoShu klatschte in die Hände. „Jetzt kommen wir zu den Kämpfern. Heute müssen gleich zwei Staatsfeinde vor Ihren Augen für ihre Missetaten büßen. Außerdem haben wir noch eine Handvoll gewöhnlicher Krimineller, die im Ring um ihre Freiheit kämpfen. Unter den Gegnern dieser Verbecher sind viele bekannte Gesichter aus der Stadt, unter anderem auch der Topfavorit, der Jinan bei der bevorstehenden Meisterschaft vertreten wird: das junge Nachwuchstalent und Kampfwunder: der Goldene Drache. Na, was sagen Sie dazu?"

Die Menge johlte und pfiff begeistert und trampelte mit den Füßen. LaoShu verzog den Mund zu einem breiten Grinsen.

„Ich hoffe, Sie haben bereits gesetzt", fuhr LaoShu fort, „denn gleich werden für den ersten Kampf keine Wetten mehr angenommen. Die Quoten für die nächsten Runden können Sie am Wetttisch erfahren. Sobald der Gong ertönt, beginnt der Kampf, und es werden keine Wetten mehr angenommen. Kommen wir also zur ersten Runde dieses Abends. Sie sehen zwei abgebrühte Verbrecher, die zum ersten Mal hier sind. Der eine ist ein Kraftprotz aus dem Norden. Mehr brauche ich Ihnen nicht zu sagen. Sein Äußeres spricht für sich. Meine Damen und Herren, Applaus für den mongolischen Muskelmann!"

Die große Tür im Ring flog auf, und ein großer, muskelbepackter Mann mit kurzen schwarzen Haaren stapfte mit vorgereckter Brust in den Ring. Er war nur mit einem Lendenschurz bekleidet. Die Zuschauer applaudierten.

„Sein Gegner stammt aus einem fernen Land namens Siam", fuhr LaoShu fort. „Ein kleiner Mann mit großem Talent. Lassen Sie sich nicht von seiner Körpergröße täuschen. Seine Kampftechnik ist ebenso exotisch wie seine Sprache. Hier kommt der siamesische Seiltänzer!"

Ein dünner drahtiger junger Mann tänzelte durch die geöffnete Tür in den Ring. Er hatte ebenfalls kurzes Haar, doch im Gegensatz zum Mongolen hatte er dunkle Haut und trug kurze Hosen, die bis zu den Knien reichten. Abgesehen davon war er nackt, bis auf ein schmales Band, das seine kräftigen Bizeps umspannte.

Hok musterte erstaunt die Hände des Mannes. Sie waren mit einem Seil umwickelt. Das Seil sah ziemlich grob aus und bedeckte die gesamte Handfläche bis auf seine Finger, die sich frei bewegten. So konnte er trotzdem zugreifen und eine Faust machen.

Hok beugte sich zu Seh hinüber. „Soll ich dir sagen, was ich sehe?"

„Nein, lass nur", antwortete Seh. „Sag mir einfach, wer gewinnen wird."

„Der siamesische Seiltänzer", sagte Hok.

„Was?", fragte Charles verwundert. „Spinnst du? Der andere ist doch riesig!"

Hok schüttelte den Kopf. „Darauf kommt es nicht an."

„Aha." Charles sah sie interessiert an. „Und worauf kommt es dann an?"

„Siehst du die schimmernde Linie an den Schienbeinen des Siamesen?", sagte Hok. „An dieser Stelle wurden die Haare abgerieben."

„Na und?", sagte Charles.

„Das passiert nur, wenn man jahrelang gegen baumgroße Gegenstände tritt", erklärte Hok. „Und zwar ziemlich fest. Und hast du gesehen, wie zerschunden seine

Ellbogen sind? Das heißt, dass er sie sehr oft benutzt. Er hat sich sogar die Mühe gemacht, seine Hände mit Seil zu umwickeln. Ich habe das noch nie zuvor gesehen, aber ich wette, es schützt und stärkt seine Hand, wenn er seinen Gegner damit bearbeitet."

„Jetzt verstehe ich, was du meinst", sagte Charles. „Der Mongole wird hoffnungslos untergehen. Er sieht nicht so aus, als würde er viel trainieren."

„Das würde ich so nicht sagen", meinte Hok. „Sieh dir seine Ohren an. Sie sehen zugleich wulstig und hart aus wie Blumenkohl. So sehen Ohren aus, wenn man mit dem Kopf über Jahre hinweg immer wieder auf harten Boden schlägt. Der Mongole ist ein Ringer."

„Was du nicht sagst", staunte Charles. „Und trotzdem glaubst du, dass der Siamese gewinnen wird?"

Hok nickte. „Ich glaube, er trainiert mehr."

Ein großer Gong ertönte aus der Nähe des Wetttisches, und der siamesische Kämpfer legte sofort los. Er rannte blitzschnell auf den Mongolen zu und sprang mit den Knien voraus in die Luft.

Der Mongole verharrte regunglos wie ein Fels in der Brandung und wehrte seinen Angreifer ab wie eine lästige Fliege.

Der Siamese klatschte auf den Boden.

Die Zuschauer brüllten vor Lachen, und Charles drehte sich zu Hok um. „Willst du deine Meinung nicht ändern?"

„Schau lieber zu", ermahnte ihn Hok.

Der Siamese sprang scheinbar unversehrt wieder auf die Füße und hielt sich die verbundenen Hände vors Gesicht. Er redete in einer fremden Sprache auf den Mongolen ein.

Die Miene des riesigen Ringers wurde finster, und er machte zwei drohende Schritte auf den Siamesen zu. Dabei ging er tief geduckt, als wolle er versuchen, ihn mit einem Ringergriff zu Boden zu bringen.

In Sekundenschnelle schoss der Siamese nach vorn und trat mit seinem Schienbein gegen die Außenseite des Sprungbeins des Mongolen. An dieser Stelle direkt oberhalb des Knies verlief ein empfindlicher Sehnenstrang.

KRACH!

Man konnte die Wucht des Tritts nicht nur sehen, sondern sogar hören. Die Zuschauer hielten gebannt den Atem an, und der Mongole schrie vor Schmerz laut auf.

„Das wird morgen noch ganz schön wehtun“, sagte Seh.

In diesem Moment schoss der Siamese zum zweiten Mal nach vorn und wiederholte den Tritt gegen das andere Bein seines Gegners.

KRACH!

Der zweite Tritt hallte im Ring wider, und die Zuschauer stöhnten laut auf, Hok eingeschlossen.

„Auuuu“, sagte Charles und rieb sich das Bein.

Der Mongole schwankte, und der Siamese kam ganz nahe an ihn heran. Er schwang seine verbundenen Hände zum Kopf seines riesigen Gegners. Zuerst dachte Hok, der Siamese wolle das Gesicht des Mongolen treffen, aber dem war nicht so. Stattdessen schlang er seine Hände um den Hinterkopf des Mongolen und zog dessen Gesicht nach unten. Gleichzeitig sprang er in die Luft und riss das Knie nach oben. Es stieß mit voller Wucht gegen die Nase des anderen.

KNACK!

Das knirschende Geräusch war im gesamten Kampfklub zu hören, und der Mongole sank in sich zusammen. Er war bewusstlos.

Die Menge tobte.

Einige Zuschauer hüpften vor Freude auf und ab und schwenkten ihre Wettstäbe über ihren Köpfen. Andere warfen ihre Stöcke enttäuscht zu Boden.

Der Siamese fiel vor seinem Gegner auf die Knie und verbeugte sich dreimal. Es war ein Zeichen des Respekts.

Die Tür des Rings öffnete sich, und der Siamese stand auf und verließ den Ring. Hinter der Tür erstreckte sich ein schwach beleuchteter Durchgang. Der Siamese ging an zwei Wachposten mit Schusswaffen vorbei und verschwand im Dunkeln.

Hok spähte angespannt zur Tür und sah eine einzelne Gestalt aus den Tiefen des Tunnels herannahen. Der Mann trug ein fleckiges Gewand, lange Handschuhe und ein Tuch vor dem Gesicht. Ohne einen Blick auf die Wachen zu werfen, stapfte er in den Ring und trat zu dem Mongolen. Obwohl er nicht besonders groß war, hievte er den bewusstlosen Kämpfer problemlos über die linke Schulter und trug ihn zum Tunnel zurück.

Der Mann schien eine Art Aufräumer zu sein. Seine Kluft sollte ihn vermutlich gegen Blut, Keime und andere Dinge schützen, wenn er seine schmutzige Arbeit verrichtete. Hok überlief es eiskalt. Was für eine schreckliche Tätigkeit.

Allmählich beruhigte sich die Menge wieder, und LaoShu erhob sich erneut.

„Na, das war ja schnell erledigt“, erklärte er lächelnd. „Ich glaube, der gute Mongole ist auch erledigt, hahaha. Ich hoffe, Ihnen hat dieser Kampf gefallen, aber das war nur die Vorspeise. Der nächste Kämpfer ist kein Verbrecher, sondern ein vielversprechender Bewerber, der gerne in die Truppen des Kaisers aufgenommen werden möchte. Er hat in diesem Ring bereits sechsmal gewonnen und kein einziges Mal verloren, und deshalb ist er der große Favorit. Der Mann ist für seine flinken Hände und noch flinkeren Füße bekannt. Immer in Bewegung und angriffsbereit saust er über die Ziegelsteine des Rings wie ein Tropfen Wasser in einem heißen Wok. Passen Sie gut auf, meine Damen und Herren. Ich präsentiere Ihnen nun den schnellen Schläger!“

Hok starrte auf die geöffnete Tür und sah einen kleinen drahtigen Mann aus der Tiefe des Tunnels kommen. Er rannte in einem kleinen Kreis im Ring herum und wurde nicht langsamer. Er hatte kurzes schwarzes Haar und einen kahlen Fleck auf dem Kopf. Schweiß perlte über die glatte Fläche wie aus einem Brunnen. Der schnelle Schläger sprang mit einem Satz in die Mitte des Rings und vollführte eine bunte Mischung aus Fußtritten und Schattenboxen.

Die Menge tobte.

„Was macht er denn da?“, wunderte sich Charles.

„Er verschwendet ziemlich viel Energie“, antwortete Hok.

Seh grinste. „Den Typ muss man nicht mal sehen, um

zu wissen, dass er spinnt. Wisst ihr, gegen wen er antreten wird?"

„Nein", antwortete Charles. „Ich habe die Liste nicht gesehen."

„Hoffentlich ist es Fu", sagte Seh.

„Warum?", fragte Charles.

„Wart's ab", sagte Seh.

Die Zuschauer verstummten wieder, und LaoShu ergriff erneut das Wort. „Und nun präsentiere ich Ihnen den Herausforderer. Es ist ein kräftiges kleines Stück Frischfleisch, das wir dem schnellen Schläger servieren werden. Er ist zwar noch ein bisschen jung, aber wie ich gehört habe, alles andere als ein Schwächling. Sie kennen die Regeln. Wer als Letzter noch steht, hat gewonnen. Wachen, bringt den Gefangenen jetzt herein!"

Hok starrte in den Tunnel und sah, wie die Wachmänner in der Dunkelheit verschwanden. Kurze Zeit später tauchten sie wieder auf. Sie eskortierten den Gegner mit gezückten Waffen.

Aus der Menge ertönten Buhrufe und Pfiffe, doch diese verstummten abrupt, als der Herausforderer im Ring erschien. Scheinbar wussten die Zuschauer nicht so recht, was sie von dem Halbstarken halten sollten, der fauchend wie eine Bestie in den Ring trat. Selbst der Kung-Fu-Schläger hielt inne und starrte seinen Gegner verblüfft an.

Der Neue sah dem Schläger fest in die Augen und ging langsam auf ihn zu.

„Es ist Fu, hab ich recht?", sagte Seh.

„Ja", antwortete Hok. „Das tut mir wirklich leid für Herrn Schläger."

鶴

Kapitel 31

Gebannt beobachtete Hok, wie Fu langsam auf den Kung-Fu-Schläger in der Mitte des Rings zuging. Der Schläger begann wieder wild zu tänzeln und schattenzuboxen, zum großen Vergnügen der Zuschauer.

Hok verdrehte die Augen und sah zum Wetttisch hinüber. Viele Besucher eilten zu ihm.

LaoShu räusperte sich. „Meine Damen und Herren, wie ich sehe, wollen plötzlich alle auf den Kung-Fu-Schläger setzen, jetzt, wo sie seinen Gegner gesehen haben. Ich werde noch einige Minuten warten, ehe ich den Gong schlage. Noch können Sie setzen!"

Hok blickte in den Ring. Fu stand regungslos, während der Schläger weiter durch die Gegend hüpfte.

„Seh", sagte Hok lächelnd, „Fu fixiert sein Opfer."

Seh kicherte.

„Was habt ihr denn?", fragte Charles. „Was gibt's denn da zu kichern?"

„Fu wird diesen Tänzer zum Abendessen verspeisen", antwortete Seh.

Charles machte große Augen. „Wirklich?"

„Nein, nicht wirklich", sagte Hok. „Auch wenn es vielleicht so aussieht."

Seh nickte mit dem Kopf zum Ring. „Schade, dass ich das jetzt nicht sehen kann. Das wird bestimmt lustig."

Charles kratzte sich am Kopf. „Seh, bist du sicher, dass du heute Abend kein Geld setzen willst? Ich könnte zum Wetttisch rübergehen und mal nachsehen, wie die Quoten sind. Wenn du wirklich so sicher bist, dass Fu gewinnen wird, dann –"

„Nein, Charles", entgegnete Seh. „Und jetzt würde ich gerne dem Kampf zuhören, wenn ich schon nichts sehen kann."

Charles runzelte die Stirn und lehnte sich seufzend in seinem Stuhl zurück.

LaoShu rief: „So, dann wollen wir Sie nicht weiter auf die Folter spannen! Die Spiele können beginnen!"

Der Gong ertönte, und die Menge johlte.

Hok beobachtete gespannt, wie der Schläger weiter wie ein Verrückter schattenboxte und sich langsam auf Fu zubewegte.

Fu stellte seine Füße schulterbreit auseinander und hob beide Hände. Mit seiner Linken formte er eine Tigerklaue und hielt sie vors Gesicht. Die Rechte schloss er zur Faust und hielt sie hinters Ohr.

Fu knurrte, und der Schläger grinste.

„Hallo, Kätzchen", rief der Schattenboxer.

Die Zuschauer brachen in schallendes Gelächter aus, doch Fu reagierte nicht. Hok wusste, dass er sich in einem tranceartigen Zustand befand. Jetzt konnte ihn nichts mehr ablenken.

Der Schläger kam noch etwas näher an Fu heran, doch er war immer noch außerhalb seiner Reichweite. Er begann, schnelle Schläge in Richtung von Fus Kopf zu machen. Die Zuschauer johlten. Hok wusste, dass die Schläge Fu nicht treffen würden. Der Boxer wollte nur Fus Reflexe testen. Keiner der Schläge war nah genug, um Fu zu treffen.

Auch Fu schien ganz genau zu wissen, was der Boxer im Schilde führte. Er hielt ganz still.

Aus dem Publikum ertönten laute Buhrufe. Die Zuschauer wollten, dass Fu zurückschlug. Kurz darauf bekamen sie, was sie wollten.

Der Boxer beugte sich vor und holte zu einem Schlag aus, der Fus Schläfe treffen sollte. Der Schlag war so offensichtlich, dass Fu ihn schon aus einem halben *li* Entfernung erkannt hätte. Er riss den linken Arm nach oben, um den Schlag abzuwehren – aber das war eigentlich gar nicht nötig, denn gleichzeitig traf sein ausgestreckter rechter Arm das Kinn des Boxers.

Der Kopf des Schlägers schnellte so heftig zurück, dass seine kahle Stelle seine Wirbelsäule berührte. Er drehte sich einmal ... zweimal ... und fiel steif wie ein Brett zu Boden. Er war bewusstlos.

Die Zuschauer schwiegen einen Moment lang verblüfft, dann explodierten sie mit einer lauten Mischung aus Buh- und Bravorufen. Charles applaudierte so laut, dass sich Hok die Ohren zuhalten musste. Sogar Seh klatschte begeistert.

Hok sah zum Wetttisch hinüber. Einige Männer hielten ihre Bambusstöcke wie Trophäen in die Luft und eilten zum Tisch. Wahrscheinlich hatten sie auf Fu gesetzt. Die meisten Zuschauer zerbrachen ihre Wettstöcke und schleuderten sie wütend auf den Boxer, der immer noch bewusstlos auf dem Steinboden lag.

Fu stand wie ein Tiger über seiner erlegten Beute und knurrte. Hoks Blick wanderte zum Tisch des Kaisers hinüber. Die meisten Tischgenossen machten enttäuschte Gesichter, allen voran Tsung. HaMo saß allein an seinem Tisch und lachte so laut, dass sein ganzer Körper bebte.

Die beiden Wachposten traten in den Ring. Sie richteten ihre Schusswaffen auf Fu.

„Geh zurück in deinen Käfig", befahl einer der Männer. „Mach schon!"

Fu knurrte, aber er gehorchte. Er schritt zur Tür.

„Seh!", flüsterte Hok. „Sie führen Fu wieder weg!"

Seh legte eine Hand auf seinen wulstigen Bauch. „Sollen wir jetzt losschlagen?"

„Nein", erklärte Charles entschieden. „Wir können nichts tun. Ich könnte die beiden Wachen zwar mit meinen Waffen in Schach halten, aber hinter dem Kaiser stehen zehn bewaffnete Soldaten direkt gegenüber von uns. Wenn ich schieße, werden sie sofort zurückschießen. Wir müssen uns etwas anderes einfallen lassen, wie wir Fu befreien können."

Hok biss sich auf die Unterlippe. Sie wusste, dass Charles recht hatte. Schweigend sah sie zu, wie Fu im Tunnel verschwand.

„Ich frage mich, was die Ratte im Schilde führt", sagte Charles nachdenklich.

Hok folgte Charles' Blick und sah, wie LaoShu zum Haupteingang des Kampfklubs eilte. Ihre Augen weiteten sich. Durch die Tür trat eine zierliche Frau, die vollkommen in Schwarz gekleidet war. Ihr dichtes Haar war beinahe ebenso lang wie das ihres Begleiters – ein Mann mit einem geflochtenen Zopf, der in seiner Schärpe steckte.

„Gerade ist deine Mutter mit Tonglong hereingekommen!“, flüsterte sie Seh zu. „Es sieht so aus, als würde LaoShu sie zum Tisch des Kaisers begleiten.“

Sehs Miene verfinsterte sich. „Ich hatte schon so eine Ahnung, dass sie hier auftauchen würden. Ich halte meinen Kopf gesenkt. Ich kann sowieso nichts sehen.“

Hok täschelte Sehs Arm und sah, wie sich die Schlange unter seinem Ärmel anspannte.

Hok sah wieder zu AnGangseh und Tonglong hinüber. Sie waren am Tisch des Kaisers angelangt, dort fielen sie auf die Knie und verbeugten sich dreimal. Hok konnte das Gesicht des Kaisers nicht genau erkennen, doch es schien, als freue er sich über die neuen Gäste. Vor allem AnGangseh schien es ihm angetan zu haben. Sie hatte die Blicke sämtlicher Männer im Raum auf sich gezogen.

Tonglong und AnGangseh erhoben sich wieder, und man brachte eilig Stühle herbei, damit sie sich zum Kaiser setzen konnten. LaoShu trat an den Rand des Kampfrings und räusperte sich.

„Meine Damen und Herren, Sie werden nicht glauben, wer soeben gekommen ist! Bitte begrüßen Sie mit mir gemeinsam noch einen ehemaligen Champion des Kampfklubs: Tonglong, die Gottesanbeterin!“

Tonglong verbeugte sich, und die Zuschauer applaudierten begeistert.

Hok warf einen Seitenblick auf Seh. Er biss die Zähne zusammen.

Die Zuschauer beruhigten sich wieder, und LaoShu fuhr fort: „Dann wollen wir mal in unserem Programm fortfahren. Was sagen Sie zur letzten Runde? Nicht schlecht, der Kleine, was? Leider ging das für meinen Geschmack etwas zu schnell. Vielleicht dauert der nächste Kampf etwas länger und ist etwas abwechslungsreicher. Begrüßen Sie nun einen kampferprobten Veteranen, der bereits seit zehn Jahren Champion werden möchte. Heute versucht er zum letzten Mal sein Glück. Weil wir ihm alle den Sieg gönnen würden, haben wir ihm ein paar kleine Hilfsmittel gegeben. Hier kommt das Narbengesicht!"

Die Zuschauer johlten, und einige standen auf, als ein riesiger Mann durch die Tunneltür trat. Er musste beinahe vierzig Jahre alt sein. Sein Gesicht und seine behaarten Arme waren mit Narben übersät – eine große Narbe lief quer über seinen pickeligen Hals. Er hatte das Haar zu einem Knoten zusammengebunden und hielt in jeder Hand einen Speer. Zwischen seinen schiefen gelben Zähnen steckte ein langes Messer.

„Sieh dir bloß an, wie der bewaffnet ist!", rief Charles. „Bist du ganz sicher, dass du nicht wetten willst, Seh? Dieser Typ kann nur gewinnen."

„Du weißt doch noch gar nicht, wer gegen ihn antritt", erwiderte Seh. „Und jetzt lass mich endlich mit deinen Wetten in Ruhe. Hast du selbst kein Geld dabei?"

„Doch, ein paar Münzen", sagte Charles. „Es ist zwar nicht viel, aber ich könnte sie trotzdem setzen."

„Na los, dann beeil dich", sagte Hok.

Charles stand auf und ging rasch zum Wetttisch.

Hok seufzte und beugte sich zu Seh vor. „Ich verstehe nicht, warum er so wild aufs Wetten ist."

Seh zuckte die Schultern.

„Wachen, bringt den Gegner herein!", rief LaoShu. „Es ist Zeit für ein kleines Affentheater."

Hok packte Seh am Arm und blickte gebannt zur Tür. Zwei Wachen warfen Malao in den Ring. Normalerweise hätte sich ihr kleiner Bruder zu einer Kugel zusammengerollt und wäre wieder aufgestanden. Doch heute klatschte er wie eine überreife Tomate auf den Steinboden. Die Zuschauer brüllten vor Lachen.

„War das Malao?", fragte Seh erstaunt.

„Ja", antwortete Hok besorgt. „Irgendetwas stimmt nicht mit ihm."

Malao stand mit zitternden Knien auf und schüttelte den Kopf, als versuche er, zu sich zu kommen. Er sah sich mit großen Augen um. Er hatte offensichtlich keine Ahnung, wo er sich befand.

„Die müssen Malao mit irgendetwas betäubt haben", flüsterte Hok. „Ich war vor Kurzem auch in so einem Zustand. Da bin ich genauso benommen herumgestolpert. Ich habe immer wieder das Bewusstsein verloren, ohne jede Vorwarnung. In diesem Zustand kann Malao unmöglich kämpfen. Wir müssen unbedingt etwas tun!"

„Sind die beiden Wachen, die Charles vorhin erwähnt hat, immer noch da unten?", wollte Seh wissen.

„Ja", antwortete Hok.

„Und was ist mit den Soldaten?", fragte Seh weiter.

Hok blickte auf die andere Seite des Rings. „Die sind auch noch da."

Seh ballte die Hände zu Fäusten. „Dann können wir im Moment leider nichts tun. Warten wir ab, wie sich Malao schlägt."

„Seh", sagte Hok. „Malaos Gegner hat zwei Speere und einen Dolch. Sein Name ist Narbengesicht. Er hat schon viele Kämpfe hinter sich. Malao ist schutzlos und –"

„Aber was sollen wir denn tun? Willst du dir vielleicht Charles' Waffen ausleihen und in den Ring springen?", sagte Seh. „Apropos Charles, wo steckt der eigentlich?"

Hok sah zum Wetttisch hinüber, um den sich noch immer die Zuschauer drängten. Sie konnte Charles nirgendwo entdecken.

„Ich weiß auch nicht, wo er ist", antwortete Hok.

Der Gong ertönte, und Malao schrie auf. Hok sah gerade noch, wie das Narbengesicht einen Speer in Malaos Richtung warf.

Hok hielt den Atem an. Malao warf sich flach auf den Boden, und die glänzenden, Speerspitze verfehlte ihn um Haaresbreite. Hok atmete erleichtert auf. Doch ehe Malao wieder aufstehen konnte, warf sein Gegner den zweiten Speer.

Malao schrie noch einmal und rollte sich unbeholfen zur Seite. Der zweite Speer streifte seine Schulter, dann prallte er gegen die Steinmauer und fiel zu Boden.

Malao heulte auf. Auf seinem Gewand zeichnete sich ein dunkelroter Fleck ab.

„Malao ist verletzt!", flüsterte Hok Seh zu. „Das Narbengesicht hat seine Schulter mit einem Speer gestreift."

„Mach dir keine Sorgen", sagte Seh. „Malao ist ein schlauer Kämpfer."

„Wenn ihm noch etwas zustößt, werde ich ihm helfen", erklärte Hok entschlossen.

Seh antwortete nicht.

Malao rollte sich zu einer Kugel zusammen und begann, mit geschlossenen Augen zu zittern. Er schien immer noch unter der Wirkung der Betäubungsmittel zu stehen.

Das Narbengesicht nahm das Messer aus dem Mund und hielt es hoch. Er ging langsam auf Malao zu.

Die Zuschauer feuerten ihn an: „Gib's ihm! Gib's ihm! Gib's ihm!"

Hok stand auf. Es war genug. Tonglong, AnGangseh, Tsung und die anderen konnten ihr gestohlen bleiben. Sie musste Malao helfen. „Sofort aufhören!", schrie sie.

Keiner hörte auf sie. Das Narbengesicht ging langsam weiter.

Seh hielt Hok am Arm fest, doch sie schüttelte ihn ab. Sie rückte ihre Umhängetasche zurecht, schnappte sich eine der Trinkschalen und sprang auf den Tisch. Dann schleuderte sie die Schale zu Narbengesicht hinunter und traf ihn am Kopf.

„Lass ihn in Ruhe!", schrie Hok, doch weder ihre Worte noch die Schale bewirkten irgendetwas. Der Speerwerfer ging unbeeindruckt weiter. Er stellte sich über Malaos zitternden Körper.

Die Zuschauer johlten: „Gib's ihm! Gib's ihm!"

Das Narbengesicht holte mit dem Messer aus, und Hok schrie auf.

Malao schrie ebenfalls – so laut, dass das Narbengesicht mitten in der Bewegung zusammenzuckte. Gleichzeitig schnellte Malaos Hand hervor und rammte seinem Gegner einen abgebrochenen Wettstab in den Oberschenkel, den er bisher verborgen hatte.

Das Narbengesicht fluchte und knickte mit dem Bein ein. Malao rollte sich flink außer Reichweite des torkelnden Riesen. Doch dieser ließ sich zu Hoks Entsetzen in die gleiche Richtung wie Malao fallen. Er sank mit den Knien voraus zu Boden und stieß mit voller Wucht gegen Malaos Schläfe. Ihr kleiner Bruder war bewusstlos, noch ehe er auf den harten Steinboden fiel.

Einige Zuschauer schrien erschrocken auf, doch die meisten jubelten. Sie riefen: „Mach ihn fertig! Mach ihn fertig!“

Hok starrte entsetzt nach unten und sah zu, wie das Narbengesicht Malaos Kopf zwischen seine Knie klemmte und erneut mit dem Messer ausholte.

„Nein!“, schrie Hok und sprang in den Ring. Sie rollte sich auf dem Steinboden ab. Als sie wieder aufsprang, rutschte ihr der Turban über die Augen. Hastig riss sie ihn vom Kopf und brüllte das Narbengesicht an: „Was bist du bloß für ein jämmerlicher Feigling, dass du einen kleinen Jungen umbringen willst! Siehst du nicht, dass er betäubt wurde? Wenn du dich traust, dann kämpf gegen mich, und lass ihn gefälligst in Ruhe!“

Das Narbengesicht drehte sich um und sah Hok verwirrt und wütend zugleich an. Er ließ die Hand mit dem Messer sinken und stand auf.

Der abgebrochene Bambusstock steckte noch immer

in seinem Oberschenkel, und er ging drohend auf Hok zu.

„Bleib sofort stehen!", rief LaoShu von oben. „Du hast den Kleinen schon besiegt! Wachen, holt dieses verrückte Mädchen da raus!"

Die Zuschauer buhten, und jemand rief: „Er war noch nicht fertig. Wir wollen, dass er den Kleinen erledigt!"

Die Zuschauer warfen alle möglichen Gegenstände in den Ring – Trinkschalen, Wettstöcke, sogar Essen. Hok hielt sich schützend die Arme vor den Kopf.

„Ruhe! Ich bitte um Ruhe!", rief LaoShu. „Kein Grund zur Aufregung. Das Ergebnis dieser Runde steht bereits fest. Wer auf Narbengesicht gesetzt hat, hat gewonnen. Bitte setzen Sie sich wieder auf Ihre Plätze!"

„LaoShu!", rief jemand. „Ich kann vielleicht helfen ..."

Hok sah nach oben. Es war Tsung. Er wandte sich zum Ring und sah ihr in die Augen.

„Wenn die Zuschauer ein richtiges Ende sehen wollen", schnurrte Tsung. „Dann gebe ich ihnen eines. Lass den Ring räumen, aber lass mir das Mädchen da. Ich werde ein kleines Tänzchen mit ihr wagen."

鶴

Kapitel 32

Hok richtete ihren Blick auf LaoShu, um zu sehen, was er sagen würde. LaoShu sah zu ihr hinunter, und seine kleinen Äuglein weiteten sich plötzlich.

„General Tsung!“, rief LaoShu. „Ist dies das Mädchen, das ich meine?“

Tsung nickte, und LaoShu klatschte in die Hände. Hok schlug das Herz bis zum Hals. Sie sah zu Tonglong und AnGangseh empor. Sie fingen beide an zu lachen.

Hok hätte gerne zu Seh hinaufgeschaut, doch das würde ihr nicht viel nützen. Er konnte sie sowieso nicht sehen, und Charles war noch immer verschwunden. Sie blickte wieder zu LaoShu.

„Meine Damen und Herren!“, verkündete die Ratte. „Haben Sie das auch gerade gehört? Der ehemalige Champion, General Tsung, will noch einmal in den Ring steigen! Und sein Gegner ist kein Geringerer als der Staatsfeind Nummer eins! Dieses Mädchen mag vielleicht harmlos aussehen, aber das täuscht. Wie ich aus sicheren Quellen weiß, ist sie eine hervorragende Kämpferin, und viele glauben, dass sie für die Zerstörung des ehrwürdigen Shaolinklosters verantwortlich ist. Was sagen Sie dazu?“

Die Zuschauer buhten, und jemand rief: „Bring sie um!"

LaoShu hob die Hände. „Immer mit der Ruhe! Wollt ihr nicht zuerst auf diese Runde setzen? Am Wetttisch erfahrt ihr die Einzelheiten. Bis zum Gongschlag kann noch gewettet werden. Wetthelfer, bitte gehen Sie auf Ihre Plätze!"

Die Zuschauer sprangen auf und eilten zum Wetttisch. Hok beobachtete, wie einer der Helfer zu HaMo an den Tisch lief. HaMo legte einen Batzen Geld auf den Tisch. Der Helfer begann es zu zählen und legte Wettstöcke bereit.

Hok sah verstohlen zu Seh empor. Er saß ganz allein am Tisch und lauschte angespannt. Von Charles fehlte immer noch jede Spur.

In diesem Moment hörte Hok, wie sich die Tür des Rings öffnete, und sie drehte sich um. Zwei Wachmänner traten herein. „Komm schon, Narbengesicht", sagte einer der Männer. „Du hast doch gehört, was LaoShu gesagt hat."

Der Kämpfer machte ein finsteres Gesicht. Er sah Hok böse an und warf etwas auf sie. Es war der blutgetränkte Wettstock aus seinem Oberschenkel. Hok wich zur Seite, und der Stock landete zwischen dem anderen Unrat auf dem Boden.

Das Narbengesicht humpelte zur Tür. Kaum war er verschwunden, betrat der grobschlächtige Aufräumer den Ring. Er ging entschlossen auf Malao zu.

Das Letzte, was Hok wollte, war, dass dieser widerliche Kerl ihren Bruder mit seinen schmutzigen Pfoten berührte. Wer wusste, welche Keime er mit sich herumschleppte. Sie trat zwischen ihn und Malao, und eine der Wachen rief: „Geh zurück zur Wand, Mädchen, und lass den Mann seine Arbeit machen!"

Hok sah rasch zum Eingang des Rings hinüber. An der Tür standen zwei Wachen und hatten ihre Waffen auf sie gerichtet.

Hok biss die Zähne zusammen und trat einen Schritt zurück Richtung Mauer. Da hatte sie sich ja was Schönes eingebrockt.

Der Aufräumer warf Malao über seine Schulter und stapfte aus dem Ring. Zwei andere Männer kamen mit Besen aus dem Tunnel und fegten die zerbrochenen Wettstöcke und den anderen Müll zusammen. Dann verschwanden sie wieder.

Hok sah zu LaoShu empor, und er nickte ihr mit einem breiten Grinsen zu. „Dann kann es ja losgehen!", rief er, und der Gong ertönte.

Tsung erhob sich, und die Zuschauer klatschten begeistert Beifall.

Tonglong stand ebenfalls auf und legte Tsung die Hand auf die Schulter. Sie wechselten einige Worte, dann blickten sie beide grinsend zu Hok hinunter. Argwöhnisch beobachtete Hok, wie Tonglong etwas von seinem Hals löste und es Tsung reichte.

Die Zuschauer wurden ungeduldig: „Leopardenmönch! Leopardenmönch! Leopardenmönch!", riefen sie.

Die Wände, der Boden und sogar die Luft erzitterten von den lauten Rufen des Publikums. Tsung sprang auf das Eisengeländer vor dem Tisch des Kaisers und verharrte dort einen kurzen Moment lang. Hok sah, wie er jeden Muskel seines Körpers anspannte, bis auch er zu beben begann.

Laut fauchend sprang Tsung in den Ring. Er überschlug sich zweimal in der Luft, ehe er in einer sanften Rolle auf dem Steinboden landete. Die Zuschauer jubelten so laut, dass es in den Ohren wehtat, als General Tsung auf seine Füße sprang und sich Hok zuwandte.

„So sieht man sich wieder“, schnurrte Tsung. „Herzlich willkommen bei mir zu Hause. Ich habe dich nach unserem kleinen Rendezvous im Gefängnis schon vermisst.“

Hoks Augen wurden schmal. Sie wich einen Schritt zurück, und die Zuschauer buhten.

„Was glaubst du wohl, was Tonglong mir gerade für ein schönes Geschenk gegeben hat?“, fuhr Tsung fort. Er griff in den Kragen seines Gewandes und zog einen winzigen grünen Anhänger an einem Seidenfaden hervor. Es war ihr Jadekranich!

Hok machte einen Schritt nach vorn, dann blieb sie stehen. Was sollte sie tun?

Kaum machte Hok einen Schritt in Tsungs Richtung, jubelten die Zuschauer wieder.

„Na los, mach die Zuschauer glücklich“, forderte sie Tsung auf. „Gib ihnen, was sie wollen. Komm, und hol dir dein billiges Schmuckstück!“

Hok wusste nicht, was sie tun sollte. Ihr Blick wanderte in Sehs Richtung, doch dann besann sie sich eines Besseren.

Tsung musste ihrem Blick gefolgt sein. Er sah zu Seh empor und dann wieder zu ihr.

„Wir haben dich und deinen Bruder beobachtet, seit ihr euch vor vielen Stunden in der Warteschlange des Kampfklubs angestellt habt. Für wie dämlich haltet ihr uns eigentlich?"

Hok senkte mutlos den Kopf. Das hätte sie sich gleich denken können.

„Euren blauäugigen Freund haben wir uns schon geschnappt", schnurrte Tsung. „Er wäre besser nicht allein zum Wetttisch gegangen."

Hok sah ihn entsetzt an.

„Und der Junge da oben mit dem lächerlichen Hut ist dein Bruder Seh, nicht wahr?", fuhr Tsung fort. „Ich habe ihn mal in der Nähe des zerstörten Shaolinklosters getroffen. Am besten sagst du ihm jetzt Lebwohl. Denn keiner von euch dreien wird dieses Gebäude lebend verlassen."

Hok blinzelte. Sie riskierte einen kurzen Blick zu Seh, und Tsung machte einen Satz auf ihren Hals zu.

Hok war bereit. Sie hatte geahnt, dass Tsung nur versuchte, sie abzulenken. Sie sprang zur Seite und presste sich gegen die runde Wand des Rings. Tsung verfehlte sie nur um Haaresbreite. Hok wusste, dass er beim nächsten Mal nicht vorbeispringen würde. Sie musste sich schnell etwas einfallen lassen, wie man einen Leoparden am Boden bekämpfte.

Hok presste ihren Rücken gegen die Wand und spürte die groben unregelmäßigen Ziegelsteine zwischen ihren Schulterblättern. Das brachte sie auf eine Idee.

Sie sah zu der offenen Ringtür hinüber und rannte so schnell sie konnte auf die beiden Wachposten zu, die das Geschehen vom Eingang verfolgten. Die Wachen begannen, eilig die Tür zu schließen. In Wirklichkeit wollte Hok gar nicht durch die offene Tür fliehen – sie wollte nur, dass Tsung das glaubte und ihr folgte.

Und genau das tat er auch – und zwar erstaunlich schnell.

Als Hok an der Tür anlangte, wurde sie ihr vor der Nase zugeschlagen. Sie bog abrupt nach rechts ab und sprang in die Luft. Im Sprung streckte sie den rechten Fuß aus, bog die Zehen zurück und trat mit voller Wucht gegen die Wand. Zuerst knickte sie mit dem Knie ein, um den Aufprall abzufangen, dann gab sie die Energie an die Wand zurück, indem sie ihr Bein wieder ausstreckte wie eine Sprungfeder. Hok segelte mit ausgebreiteten Armen rückwärts durch die Luft, während Tsung in geduckter Haltung immer noch auf sie zulief.

Hok drehte sich im Flug um und stieß ihren spitzen Ellbogen nach vorn. Sie traf Tsungs Stirn direkt über seiner linken Augenbraue. Genau dort hatte sie ihn treffen wollen. Zwischen dem Schädelknochen und der dünnen Haut des menschlichen Gesichts verliefen zahlreiche Blutbahnen. Ihr gewaltiger Stoß riss die Haut auf. Blut strömte in Tsungs Auge, sodass er nichts mehr sehen konnte.

Ein Auge hatte sie schon. Hok landete auf dem Boden hinter Tsung und drehte sich zu ihm um.

Tsung wischte sich mit dem Ärmel über die Augenbraue, aber das Blut floss weiter in sein Auge.

Tsung brüllte. Und die Menge auch. Einige jubelten, andere buhten.

Hok wagte einen Blick in Sehs Richtung und sah, dass er sich nach vorn gebeugt hatte und etwas am unteren Teil des Geländers machte. Die Wulst um seinen Bauch war verschwunden. Seh befestigte das Seil am Geländer!

Hok richtete ihren Blick wieder auf Tsung, und Tsung sprang los.

Hok wich zur Seite und entkam Tsungs Griff nur knapp. Sie lief im Zickzack auf die andere Seite des Rings und sprang erneut in die Luft. Diesmal trat sie mit dem linken Fuß gegen die grobe Steinmauer und versuchte das gleiche Manöver noch einmal.

Doch ein zweites Mal fiel Tsung nicht darauf herein. Als Hok mit dem Ellbogen auf sein anderes Auge zielte, riss Tsung den Arm nach oben. Er erwischte Hok am Arm und zerrte sie nach unten.

Hok gelang es trotzdem, mit den Füßen voraus zu landen. Sie warf sich mit aller Macht zu Boden und riss ihren Arm frei.

Ehe Tsung sich auf sie stürzen konnte, sprang Hok wieder auf die Füße und rannte erneut durch den Ring. Da Tsung sie nicht festhalten konnte, vermutete sie, dass er nicht mehr richtig räumlich sehen konnte. Das brachte sie auf eine neue Idee.

Als Hok die Wand des Rings erreichte, war Tsung direkt hinter ihr. Sie sprang noch einmal gegen die Wand, doch diesmal stieß sie sich mit beiden Füßen von der Mauer ab und verwandelte die Energie in einen kräftigen Rückwärtssalto über Tsungs Kopf. Dabei formte sie eine Kranichfaust mit beiden Händen und zielte auf Tsungs rechte Augenbraue.

Tsung wehrte Hoks rechten Arm mit einem blitzschnellen Stoß seiner Leopardenfaust ab. Er traf Hoks Arm, doch der Schlag war nicht allzu stark.

Hok zielte weiterhin auf Tsungs Gesicht. Anstatt seine Augenbraue zu treffen, wie sie es vorgehabt hatte, landeten die gekrümmten Fingerspitzen tief in Tsungs Auge.

Tsung schrie auf.

Hok vollendete ihren Salto und landete auf den Knien. Sie stand auf und wischte sich die Hände an ihrem Kleid ab. Erst jetzt bemerkte sie, dass es im Raum plötzlich totenstill geworden war.

Tsung hielt sich die Hände vors Gesicht und versuchte, das Blut aus seinem unverletzten Auge zu wischen. Er rief LaoShu zu: „Ich will diesen Vogel fangen! Aber ich sehe nichts mehr. Bring den Feuerring!“

LaoShu klatschte aufgeregt in die Hände. „Mit Vergnügen!“, rief er. Er richtete seinen Blick auf die Eingangstür des Rings. „Wachen, ihr wisst, was ihr zu tun habt!“

Die Zuschauer johlten begeistert und riefen: „Feuer! Feuer! Feuer!“

Hok hatte keine Ahnung, was das alles zu bedeuten hatte. Sie sah zu, wie Tsung in die Mitte des Rings trat und ganz still stand. Er wartete.

鶴

Kapitel 33

Hok sah sich rasch im Ring um. Sie suchte nach Anhaltspunkten, was als Nächstes geschehen würde. Aber sie fand keine. Sie rückte den Träger der Seidentasche, die sie immer noch trug, zurecht und blickte zu Seh empor. Er hatte den Kopf zum Tisch des Kaisers gewandt und schien angestrengt zu lauschen.

Hok sah zum Tisch des Kaisers hinüber. Tonglong hatte den Blick auf Seh gerichtet. Mehrere Soldaten, die den Kaiser und Xie umringten, standen auf und richteten ihre Waffen auf Seh.

Hoks und AnGangsehs Blicke trafen sich. Sehs Mutter spitzte ihre vollen Lippen und warf Hok eine Kusshand zum Abschied zu.

In diesem Moment hörte Hok, wie die Tür zum Ring geöffnet wurde, und drehte sich rasch um. Ein junger Mann trug einen großen Bronzekessel herein. Die Zuschauer klatschten begeistert Applaus. In dem Lärm konnte Hok kaum noch hören, wie der Mann ihr zurief: „Geh von der Wand weg!“

Hinter dem jungen Mann standen zwei Wachmänner. Sie zielten mit ihren Waffen auf sie. Also gehorchte sie. Sie machte vorsichtig ein paar Schritte in Tsungs Richtung.

„Keine Sorge, noch greife ich dich nicht an", schnurrte Tsung. Er versuchte noch immer, das blutrote Rinnsal zu stoppen, das ihm ins Auge lief. „Es macht viel mehr Spaß, wenn es hier drin erst mal schön warm geworden ist."

Der junge Mann mit dem Kessel betrat den Ring, und der Applaus schwoll an.

Die Zuschauer riefen: „Goldener Drache! Goldener Drache! Goldener Drache!"

Hok blickte dem jungen Mann in die Augen und sah, dass es tatsächlich ihr Bruder Long war. Er ließ sich jedoch nicht anmerken, dass er sie kannte. Sein Gesicht war ausdruckslos.

Neugierig beobachtete Hok, wie Long eine Flüssigkeit, die wie Lampenöl aussah, kreisförmig um sie und Tsung herumgoss. Schließlich reichte ihr großer Bruder den leeren Kessel einem der Wachmänner an der Tür. Dann drehte er sich um und lief schnell wie der Blitz quer durch den Ring. Als er die gegenüberliegende Wand erreichte, machte Long etwas Ähnliches wie Hok. Er nahm die groben Ziegelsteine zur Hilfe, um sich in die Luft zu schleudern. Allerdings drehte sich Long nicht um seine eigene Achse, sondern griff nach oben und schnappte sich eine der Fackeln, die an der Ringmauer brannten. Leichtfüßig landete er mit der Fackel in der Hand wieder auf dem Boden.

Die Zuschauer brachen in tosenden Applaus aus.

Long hob die Fackel hoch in die Luft, und die Zuschauer verstummten. Während er sich der Ölspur näherte, raunte er Hok zu: „Das Öl brennt schnell und wild wie dein Gegner. Hüte dich vor den Flammen. Flieg lieber in die Klauen des Leoparden, als zurückzuweichen und wie ein Brathuhn geröstet zu werden."

„Weise Worte, Goldener Drache", knurrte Tsung und wischte sich noch immer das Blut aus dem Gesicht. „Wie großzügig von dir."

Long antwortete nicht. Mit ausdrucksloser Miene senkte er die Fackel zum Öl hinunter.

„Nicht so schnell!", rief Tsung. „Du hast mich auf eine Idee gebracht."

Long hob die Fackel, und Tsung richtete sein unverletztes Auge auf die Zuschauer. „Wer von euch will gerne sehen, wie ich dieser Verbrecherin die Flügel stutze?"

Die Zuschauer klatschten begeistert und riefen im Chor: „Die Klaue! Die Klaue! Die Klaue!"

Hok sah, wie etwas Silbernes am Tisch des Kaisers aufblitzte. Dann landete der Metallgegenstand klirrend auf dem Steinboden des Rings. Tsung bückte sich und hob ihn auf. Sie hatte keine Ahnung, was es war.

„He, LaoShu!", rief jemand. „Das ist unfair. Ich habe einen Batzen Geld auf diese Runde gesetzt, und du änderst plötzlich die Bedingungen, indem du nach dem Gong noch eine Waffe zulässt. Ich verlange einen Ausgleich!"

Hok blickte auf. Es war HaMo. Er hatte sich an den Rand des Rings in die Nähe des Kaisers gestellt.

„An was denkst du als Ausgleich?", fragte Lao-Shu.

HaMo zog etwas unter seinem Gewand hervor. „An das hier!", rief er.

Die Zuschauer in HaMos Nähe brachen in schallendes Gelächter aus.

LaoShu kicherte belustigt. „Mit Vergnügen, HaMo. Wenn du darauf bestehst …“

HaMo beugte sich über das Geländer und rief zu Hok hinunter: „Hier, fang!“ Er warf ihr etwas zu, das wie der Holzgriff einer Waffe aussah. Hok streckte die Hände aus und fing es auf. Es war Malaos verzierter Schlagstock.

Hok nahm den Stock in eine Hand und sah zu Tsung hinüber. Dieser stülpte sich gerade das merkwürdige Ding über seine rechte Hand. Es war ein fingerloser Handschuh, an dessen Rücken vier lange Dolche befestigt waren. Die Messer begannen am Ärmel des Handschuhs und verliefen über Handrücken und Knöchel bis zu den Fingerspitzen.

Wieder riefen die Zuschauer: „Klaue! Klaue! Klaue!“

Hok sah zu Seh empor. Er saß auf der Stuhlkante und hatte ein Ohr in ihre Richtung gewandt.

Aus den Augenwinkeln sah Hok, wie Long die Fackel senkte. Das Öl entzündete sich mit einem gewaltigen WUSCH!

Hok schloss die Augen vor der großen Hitze und dem hellen Schein der Flammenmauer, die ihr bis zu den Hüften reichte. Sie blinzelte zu Tsung hinüber und sah, dass er immer noch mit seinem Handschuh hantierte.

HaMo rief ihr von oben etwas zu. „Worauf wartest du noch, Mädchen? Schlag zu!“

Hok nahm ihn beim Wort. Sie holte aus und zielte mit dem Stock auf Tsungs rechte Hand, doch Tsung war zu schnell. Er zog die Hand zurück und schlug mit der Klaue zu.

Hok sprang zurück, außer Reichweite. Sie landete gefährlich nah an der Feuerwand. Es blieb ihr nichts anderes übrig, als einen Schritt nach vorn zu machen. Dabei schob sie rasch die Seidentasche vom Bauch auf den Rücken.

Als Tsung erneut mit seiner Klaue ausholte, ließ sich Hok blitzschnell auf den Boden fallen und rollte auf die gegenüberliegende Seite des Feuerwalls. Dort blieb sie auf den Knien, legte das Ende des Kurzstabs in ihre gewölbte Hand und drehte den Stock nach unten, sodass er sich an ihren Unterarm schmiegte. Er reichte von der Hand bis zu ihrem Ellbogen. Perfekt.

Tsung stürmte zu ihr und zielte mit der Klaue auf ihren Kopf. Hok hob ihren Unterarm und drehte ihn so, dass die Klaue den Holzstab traf. Die Dolche bohrten sich tief ins Holz, doch ihr Arm blieb unversehrt.

Immer noch auf den Knien, holte Hok mit der freien Hand aus und traf Tsungs Bein mit einer Kranichfaust. Der Schlag traf eine empfindliche Stelle an der Außenseite des Beines direkt über dem Knie. Genau dort hatte auch der Siamese seinen Gegner getroffen.

Tsung zischte und knickte mit dem Bein ein, doch er ließ nicht los. Hok versuchte, den Schlagstock wieder von den Dolchen loszureißen, doch Tsung riss den Arm so heftig zurück, dass ihr der Stab entglitt.

Wütend riss Tsung den Stab von den Dolchen ab und schleuderte ihn durch den Ring.

Hok wich einen Schritt zurück, und die Menge hielt den Atem an. Im selben Moment spürte Hok plötzlich eine große Hitze hinter sich und drehte sich blitzschnell um. Ihre Seidentasche hatte Feuer gefangen.

Hastig riss sich Hok die Tasche vom Hals und schleuderte sie an ihrem Träger durch die Luft. Tsung machte einen Satz nach vorn und schlug mit seiner Klaue nach Hok. Von seiner Braue lief immer noch Blut ins Auge. Die scharfen Spitzen der Messer berührten die brennende Tasche, und kleine Stücke getrockneter Kräuter rieselten aus den Schlitzen in der Tasche. Die Stücke fingen Feuer und regneten auf Tsungs Kopf, Hals und Schultern.

Tsung schrie auf und hob die Hände, um sein blutüberströmtes Gesicht zu schützen, während Hok die Tasche mit aller Kraft in die Luft schleuderte. Sie achtete nicht auf die wenigen brennenden Kräuterflocken, die ihre eigenen nackten Arme und den Kopf versengten. Sie duckte sich und stieß mit ihrer Schulter gegen Tsungs Brust.

Tsung taumelte rückwärts, und Hok folgte ihm. Sie trat ihm die Füße unter seinem Körper weg und griff nach dem Jadekranich um seinen Hals. Sie riss ihn los und sprang zurück.

Tsung fiel mit einem gellenden Schrei auf den Boden. Hok schrie auf, als sie sah, dass Tsungs Seidenuniform in Flammen aufging. Der General zuckte und zappelte noch eine Weile, dann rührte er sich nicht mehr.

Einen Moment lang war Hok wie gelähmt vor Schreck. Sie wartete auf die Reaktion der Zuschauer. Bestimmt würden sie gleich alle in laute Buhrufe ausbrechen. Stattdessen rief plötzlich jemand: „Feuer! Der Klub brennt!"

Als Hok aufblickte, sah sie, wie auf einer Seite des Rings Rauch aufstieg. Leuchtend gelbe Flammen erfassten zwei, dann drei, dann vier Tische.

„Die Tasche hat mein Tischtuch in Brand gesetzt!“, rief ein Mann und stürzte zum Ausgang.

Die Zuschauer im Raum begannen, laut zu schreien, und stürmten panikartig zum Ausgang. Mit gerunzelter Stirn band sich Hok den Kranich um den Hals. Der Flammenring um sie herum brannte immer noch lichterloh. Sie musste noch etwas warten, ehe sie sich in Sicherheit bringen konnte.

Hok sah zu Seh empor und riss erstaunt die Augen auf. Er kletterte am Seil zu ihr herunter.

„Schafft den Kaiser hier raus!“, rief ein Soldat von oben, und Hoks Blick wanderte zum Tisch des Kaisers. Seine Begleiter drängten nach oben zum Seitenausgang. Xie ging mit seinen breiten Schultern voran, und HaMo bildete den Schluss. Tonglong und AnGangseh hielten sich rechts und links des Kaisers.

LaoShu stand auf dem Geländer und zeigte wütend auf Hok. „Das warst du!“, schrie er. „Es ist alles deine Schuld!“ Sein Blick fiel auf Seh, der gerade nach unten kletterte. LaoShu lief zu ihm.

„Seh!“, rief Hok. „Schnell! LaoShu ist hinter dir her!“

„Wie weit ist es noch bis zum Ende des Seils?“, rief Seh.

„Noch eine Körperlänge“, rief Hok zurück. „Dann sind es noch zwei Körperlängen zum Boden.“

„Gut“, sagte Seh. Er glitt bis zum Ende, ließ sich fallen und landete hart auf dem Boden.

In diesem Moment erreichte LaoShu das Seil und kletterte ebenfalls hinunter.

„LaoShu klettert das Seil hinunter!“, rief Hok Seh zu. „Geh schnell weg! Ich bin gleich bei dir!“

Seh ging vorsichtig rückwärts, und Hok betrachtete das Feuer um sie herum. Es war immer noch zu hoch, um darüberzuspringen. Sie blickte zu den Ausgängen. Die letzten Zuschauer drängten ins Freie. Das Feuer hatte bereits die Wände des Raums erreicht, und die bunten Teppiche brannten lichterloh. Die Flammen wanderten über die langen Stoffbahnen bis zu den hölzernen Dachbalken und setzten sie in Brand. Bald würde das ganze Gebäude zusammenbrechen.

„Du hast meinen teuren Kampfklub zerstört!", kreischte LaoShu. „Du hast mich ruiniert! Dafür wirst du mit deinem Leben bezahlen!"

LaoShu erreichte das Seil und bohrte seine Schuhspitzen in die grobe Steinmauer. Er verlagerte sein Gewicht auf seine Beine und schleuderte das Seil nach oben, dann ließ er sich auf den Boden des Kampfrings fallen.

Das Seil flog in hohem Bogen über das Geländer und landete quer über ihrem Tisch. Nun gab es nur noch einen einzigen Ausweg aus dem Ring: die Tür zum Tunnel – und die war bestimmt verschlossen. Hok beobachtete LaoShu angespannt und entdeckte einen dicken Schlüsselring an seiner Schärpe. Einer davon passte bestimmt.

Hok wich zwei kleine Schritte zurück. Sie musste sofort ewas tun. Sie rannte los und sprang mit aller Kraft über den Feuerring, der immer noch brannte. Sie spürte die Hitze, fing aber zum Glück kein Feuer.

Hok landete wieder auf dem Boden und rannte zu Seh hinüber.

LaoShu fluchte und zeterte, während seine Hand nach etwas unter seinem Gewand tastete. „Wie kannst du es wagen, in meinen Kampfklub zu kommen und dich so aufzuführen! Na, warte, Mädchen. Dir werde ich es zeigen! Das werdet ihr beide bereuen!"

Hok packte Sehs Arm, ohne auf die Schlange zu achten, die hektisch unter seinem Ärmel zappelte. „Pass auf!", sagte sie.

„Genau, passt auf!", rief LaoShu. Er zog eine Schusswaffe aus seinem Gewand hervor und ging langsam auf sie zu.

Hok sah sich rasch um. Direkt hinter ihnen war die Tür, und Malaos Schlagstock lag gleich daneben auf dem Boden. Sie schnappte den Stab und versuchte, ob sich die Tür von innen öffnen ließ, doch sie war verschlossen – genau wie sie befürchtet hatte.

LaoShu lachte hämisch und richtete seine Schusswaffe auf sie. „Jetzt seid ihr dran!"

Hok umklammerte den Kurzstab. Sie wusste, dass sie damit keine Chance gegen die Schusswaffe hatte, aber sie musste es wenigstens versuchen. Wenn sie LaoShu angriff, würde er zuerst auf sie schießen, und vielleicht hatte Seh dann wenigstens die Chance, hier lebend herauszukommen. Vorher musste sie Seh unbedingt noch von den Schlüsseln an LaoShus Schärpe erzählen.

„Seh", flüsterte sie. „LaoShu hat einen Schlüssel –"

„Da kommt jemand", unterbrach sie Seh.

„Aber –"

Die Tür zum Ring flog auf und stieß Hok und Seh gegen den Rücken. Hok richtete sich mit Seh wieder auf und drehte sich überrascht um. In der Tür stand der Aufräumer in seinem abstoßenden Aufzug.

„Mach sofort die Tür wieder zu!“, brüllte LaoShu den Mann an. „Oder du bist als Nächster dran!“

Der Mann rührte sich nicht vom Fleck. Er zog seine Handschuhe aus, und Hok sah, dass er außergewöhnlich lange und spitze Fingernägel hatte wie die Krallen eines Tieres.

LaoShu knurrte etwas und zielte mit seiner Waffe auf Hok.

Sie beobachtete entsetzt, wie sich sein ausgestreckter Finger langsam unter der Schusswaffe krümmte.

In diesem Moment bewegte sich der Aufräumer plötzlich. Er warf seinen kräftigen Körper wie ein Drache hin und her. Gleichzeitig griff er mit einer Hand in den Ärmel seines Gewandes und zog sie so schnell wieder heraus, dass Hok es kaum sehen konnte.

Das Ende einer ungewöhnlich langen Kettenpeitsche schnellte heraus, und ihre scharfe, schwere Spitze schnitt tief in LaoShus Hand. LaoShu ließ kreischend die Waffe fallen. Sie fiel mit einem lauten Knall zu Boden.

„ARRRR!“, brüllte LaoShu und taumelte zu Boden. An seinem Fußgelenk strömte Blut aus einer tiefen Wunde.

Während die Kettenpeitsche durch die Luft flog, rief Seh aufgeregt: „Ying! Ich kann ihn spüren! Wo ist er?“

„Hier bin ich“, antwortete der Aufräumer. Er schüttelte heftig den Kopf, der Schleier löste sich, und ein zerfurchtes Drachengesicht kam zum Vorschein. Es war Ying, ohne Zweifel.

„Du!“, rief LaoShu. „Was hast du in meinem Klub zu suchen?“

„Ich wollte mich nur verabschieden“, zischte Ying. Er

ließ die Kettenpeitsche erneut durch die Luft schnellen, und das schwere Ende wand sich um LaoShus Schlüsselring. Ying zog an der Peitsche, und der Ring löste sich von LaoShus Schärpe und fiel in Yings Hände. Dabei klaffte LaoShus Gewand auf, und Hok sah, dass er eine zweite Schusswaffe quer über seiner schmächtigen Brust trug.

„Schnell!“, rief Ying Hok von der Tür aus zu. „In den Tunnel mit euch. Ihr kommt mit mir.“

Hok zögerte. Ich soll Ying folgen?, dachte sie.

„Mach endlich, was ich sage!“, rief Ying ungeduldig. „Gleich ist die Tür zu, und dann könnt ihr bei der kleinen Ratte bleiben!“

Hok blinzelte und sah auf LaoShu hinunter. Er tastete nach seiner Waffe.

Ying begann die Tür zu schließen.

„Komm schnell!“, rief Hok und schob Seh durch die Tür.

Jeff Stone schreibt nicht nur Bücher, sondern bringt auch Kindern und Jugendlichen das Kung-Fu bei. Er selbst ist für seinen schwarzen Gürtel zum Shaolin-Tempel nach China gereist. Mit seiner Frau und zwei Kindern lebt er im Mittleren Westen der USA.

Jeff Stone

Die fünf Gefährten
und der Kampf des Tigers

Band 1

„Lauft um euer Leben!“
Dies sind die letzten Worte, die der Großmeister
den fünf Gefährten zuruft,
bevor das Cangzhen-Kloster durch einen Angriff
vollkommen zerstört wird.
Von nun an sind die Jungen auf sich allein gestellt.
Fu flieht, so schnell er kann. Doch er
gerät in einen Hinterhalt und wird gefangen
genommen. Und damit beginnt
der gefährlichste Kampf seines Lebens ...

Loewe

Jeff Stone

Die fünf Gefährten
und die Rache des Bruders

Band 2

Ka-wumm! Von seinem Versteck aus muss Malao mit anhören, wie sein rachsüchtiger Bruder Ying mit seinen Männern das Cangzhen-Kloster zerstört. Malao ist nur wenige Meter von den Angreifern entfernt. Todesmutig rennt er aus seinem Versteck und rettet sich in den angrenzenden Wald. Geschickt wie ein Affe hangelt Malao sich von Ast zu Ast. Und dabei bemerkt er nicht, dass ihn bereits jemand verfolgt ...